Maurizio Bruni

La cupola dei coccodrilli

MNAMON

Personaggi

Adolf, Drake, Goya, La Tortue, Lenin, Pippo, Roi Lion, Tiziano, Wotan: nick-names di un gruppo pedofilo europeo

Claudio Antonelli – Impiegato del tribunale
Dr. Mario Bucciantini – Sostituto Pubblico Ministero
Dr. Luigi Cavalli – Medico legale
Antonio Tarozzi – Consigliere regionale lombardo
Rosa D. (Rosetta)- La contessa
Roberta Fantoni - Attrice
On. Cesare Giani – Deputato al Parlamento, sottosegretario
Elisa Lonati – Fidanzata di Sergio
Dr. Sergio Mandelli – Aiuto di Pronto Soccorso
Il Ministro
Irina Parodi – Esponente politica
Prof. Augusto Perini – Direttore della Clinica chirurgica universitaria
Claudio Ruggeri – Ispettore della Polizia Postale
Francesca Scaccabarozzi, "mamma Francesca" - Venditrice ambulante
Vincenzo Sidoli – Ex consigliere comunale, impiegato dell'ASL
Dr. Mario Sorrentino – Sostituto Procuratore della Repubblica - capo del pool antiviolenza
Dr. Gino Teodori – Primario ospedaliero
Dr. Efisio Virdis – Sostituto Pubblico Ministero

A "Bambini Ancora" e ai suoi venti anni di lavoro
appassionato per i minori

Nell'ufficio del Ministro

Dall'ampia vetrata si dominava tutta la città. Sullo sfondo, illuminati dai riflettori, Castel Sant'Angelo e la cupola di San Pietro sembravano rispondere allo sguardo dell'uomo che osservava la distesa di luci, standosene comodamente seduto nella poltrona sulla predella: un modello esclusivo e imponente, disegnato apposta per la sua figura, che gli consentiva di avere ai suoi piedi tutta la capitale, mentre dominava anche il visitatore, obbligato a stare su una scomoda e bassa sedia di legno.

La scrivania era immacolata, e il piano di cristallo rifletteva la luce del sigaro che, con calma, veniva gustato.

«Devo riconoscere, Cesare, che i sigari dell'Honduras hanno poco da invidiare a quelli cubani. Peccato che ce ne sono rimasti solo pochi.

Avevi avuto proprio ragione a farmi venire là: il viaggio è stato perfetto, sotto ogni punto di vista. Perfino sotto quello politico».

«Neanche a me è piaciuto volare, ma ogni tanto ci tocca. Poi le soddisfazioni sono state davvero grandi – rispose il più giovane dei due, avvolgendosi con una nuvola di fumo profumato – e qui è pressoché impossibile averle.»

Il Ministro si concesse una pausa, contemplando lo spettacolo di Roma illuminata: «Un giorno – pensava – sarò io a controllare tutto questo. Mica fare solo il ministro: se potrei essere io a capo di tutto so bene cosa fare...».

«È vero – riprese il Ministro – qui siamo sempre controllati, specialmente io. Tu sì che sei fortunato: hai la tua bella auto blu, ma non sei obbligato a girare con la scorta, come tocca a me. Quando vuoi, puoi andare dove vuoi senza dire niente a nessuno. Comunque, niente male quei bambini in Honduras, meglio del previsto».

«Sì – riprese il sottosegretario Giani – ma ti avevo pur detto di stare attento. Ho dovuto spendere un sacco di soldi con i genitori di quel piccolino.»

«Erano soldi miei, non te lo dimenticare - rispose il Ministro con un ringhio – io sono un uomo d'onore: se sbaglio, pago. E mi è costato ottocento dollari. Ma non era un po' troppo?»

«Per il piccolo sì, figurati, – riprese il più giovane – i bambini non valgono tanto; ma ho dovuto anche dare un bel po' di dollari a Juan Carlos, il poliziotto che si era insospettito, e tanti anche al ragazzo che lo ha fatto sparire. Cazzo, eppure mi ero raccomandato! In albergo mi hanno continuato a guardare con occhi strani, e sai bene che ho dovuto assumermene io la responsabilità!»

«Cesare – disse il Ministro con un filo di voce – so tutto, ma so anche che dipende da me se nel prossimo rimpasto farai un passo avanti, a meno che ci hai rinunciato...».

«Ti ho dimostrato fino in fondo che sono affidabile, mi pare! – interloquì il sottosegretario con ira mal repressa - Per quando prevedi che possa avvenire una crisi di governo?»

«Nessuno lo capisce. So solo che il capo sta facendo fuoco e fiamme per evitarla. Ha troppi soldi in campo, troppi interessi per rischiare di cadere. Dovresti vedere cosa succede tra noi in consiglio dei ministri: tutti a sostenerlo, a garantirgli che avrà il nostro appoggio fino in fondo; e poi dietro le spalle non ti dico cosa fanno. Certo, quando fa delle operazioni così sciagurate, anche un cieco vede che chi ci guadagna è lui. O meglio, suo padre, suo figlio, suo genero, sua moglie. Lui no, lui è nullatenente, poverino. Ma per me sta diventando debole. C'è diversi dell'opposizione che si sono accorti delle sue esitazioni – e anche nella nostra maggioranza c'è chi è proprio un furbetto e ha cominciato ad aprire gli occhi - e non capiscono che stanno facendo il mio gioco: io soffio un'informazione all'uno, una all'altro, e vedrai cosa succede. Dobbiamo tirare la corda cautamente, finché si rompe. Allora tocca a me: ho già cominciato a parlare col nostro segretario nazionale e a fargli capire quanto è utile che uno di noi crescerebbe di grado. Lui è un cretino, ma mi pare che ha cominciato a capire quali vantaggi gli potrei dare – in termini di soldoni, sia chiaro – e non si è opposto.

Tu mi puoi essere utile, ma dobbiamo mutare le strategie se vogliamo un successo pieno: tutti sanno che finora sei stato mio amico, ma adesso comincia a prendere politicamente le distanze da me; un poco, ma quanto basta a non essere più creduto nella mia corrente; poi incontrati con i nostri deputati, specie con quelli che mi sono poco amici; così te li coltivi, cerchi di capire a cosa aspirano, chi ha ambizioni di governo e chi è contento così; e magari trova qualcuno che potrebbe appoggiarti nella scalata al ministero.

Soprattutto, cerca di scoprire se hanno qualche debolezza o qualche ... come si dice? obbi (magari qualcuno fosse dei nostri, però stai cauto!). Incontrati poi anche con i capi della corrente avversaria e cominci a dire che non sei soddisfatto di me, che vorresti spazi maggiori, e così via. Poi voglio che ti metti con qualche donna per un po': ti faccio invitare alle prossime feste della nobiltà romana e ti tirerai dietro una certa attricetta, che per una particina in un film ti ricompenserà largamente. Devi curare meglio la tua immagine pubblica e anche andare un po' sui giornali! Ma non dimenticarti di venire sempre al ministero a portarmi il materiale, come hai giudiziosamente fatto finora», proseguì il Ministro.

«Ti volevo parlare proprio di questo – riprese il sottosegretario – perché sono qui i problemi. Sidoli è stato messo 'in naftalina', ma secondo me costituisce un reale pericolo. L'uomo è ambizioso e abituato a spendere tantissimo. Ora ha perso la moglie, o meglio dovrei dire che ha perso la ragazza slava (pare che abbia richiamato la vecchia moglie dalla Calabria), e scalpita perché senza una donna non riesce a stare. È molto diverso da me: non capisco proprio perché tu mi voglia affibbiare una compagna, e fissa poi. In fin dei conti *sunt certi denique fines* che non mi piace superare».

«Ti ho già pregato di non parlare in inglese, sai che non lo capisco – disse il Ministro agitando il grasso dito – poi a volte mi sembri ingenuo: a Milano hanno sollevato un polverone finito nel nulla, ma so per certo che quel coglione del magistrato non ha intenzione di smettere. E quello sapeva bene che Sidoli si vedeva con te. E forse sa anche del nostro incontro alla Camera: eri stato tu a volerlo, non io. Ricordatelo bene!

Ma lasciami continuare a esporre il mio progetto.

Conoscerai – quasi per combinazione – dalla marchesa D. la signorina Roberta: ti piacerà, vedrai: dicono che è abbastanza bella. So che desidera una particina in un film e, guarda caso, posso farla entrare nel cast del prossimo serial televisivo. Dovrà interpretare la parte di una prostituta: sono sicuro che saprà essere molto realista – proseguì sogghignando il Ministro, senza aggiungere che così faceva un favore a un amico, il quale gli sarebbe stato riconoscente per avergli tolto dai piedi una rompiscatole (carina, ben tornita, anche brava a letto, ma un'oca integrale), che non avrebbe protestato vedendo realizzato il sogno di una particina in un film – A te ti farà bene farti vedere un po' in giro con lei: vi noteranno, stai tranquillo, e cerca di essere un po' meno scontroso con i giornalisti».

Nel camino (il Ministro aveva insistito per farsi mettere un camino nell'angolo di fronte alla sua scrivania, mentre sopra la sua testa una pensosa Vergine del '400 si chiedeva perché dovesse stare proprio lì a sentire certe storie) ardeva ancora la brace, con rapidi guizzi che arrossavano ormai debolmente il viso dei due compari, mentre anche i sigari languivano.

Dopo una pausa, lunga ma rilassata, Giani riprese: «Sta bene, in fin dei conti ogni tanto mi va bene anche qualche sana scopata. Ma io non sono del giro della marchesa».

«Ti sbagli – disse il Ministro scuotendo il dito grassottello

– non sei 'ancora' nel suo giro, ma stai proprio per entrarvi: se vuoi fare carriera devi farti conoscere. Vi organizzo io un incontro; sarebbe splendido se tu ti impegni un poco e seduci anche la marchesa: oddio, è anzianotta, ma non le spiace ancora fare certa ginnastica con i giovanotti piacenti. E non continuare a fare difficoltà: nella vita bisogna fare dei sacrifici per andare avanti!»

Il sole era già tramontato, anche se la vita nella città ferveva ancora: le giornate sempre più brevi annunciavano le festività imminenti, e il cielo si era fatto decisamente plumbeo.

«Bisogna prendere delle decisioni – ricominciò il Ministro – perché non possiamo andare avanti così: tu hai esaurito i vecchi contatti, però sei per me quasi l'unico mezzo per ricevere qualcosa di interessante. Ma volevo dirti una cosa che ti sorprenderà: sono pressoché sicuro che un mio collega ha le nostre inclinazioni, e non si tratta di un ministro senza portafogli, anzi! Sto lavorandomelo per evitare passi falsi, ma sono convinto che a lui quel materiale serve ancor più di noi.

Gli dobbiamo trovare qualcosa di veramente buono: per un po' di tempo posso passargli il mio materiale vecchio; però io, che palle con le solite immagini! Io ne sono stanco. Cosa suggerisci, tu che riesci a vivere la vita normale. Non come me ... qui sempre controllato».

Il giovane sottosegretario, seduto sulla scomoda seggiola di legno, guardava di sottecchi il ministro su cui aveva fatto fare un'indagine, molto riservata, da un amico carabiniere.

Ne era uscito un quadro interessante: nonostante i lunghi anni di vita politica, svolta a livelli sempre più elevati, il ministro continuava a litigare furiosamente con la grammatica, per non parlare della sintassi, ma ormai non se ne preoccupava più. Quando aveva avuto le prime responsabilità politiche aveva assunto un anziano professore di lettere, col compito di impartirgli lezioni quotidiane (una bella integrazione per la sua misera pensione statale) e si era perfino cimentato con l'inglese, per un paio di lezioni. Infine aveva compreso che per lui non si trattava di migliorare qualcosa, bensì di tornare alla scuola elementare e quel ricordo gli era odioso perché gli bruciavano ancora gli insulti dei compagni, che non gli perdonavano la figura rotonda, la statura modesta e il parlare dialettale: "ecco il nanerottolo" era la frase più gentile che lo accoglieva a scuola cui, dopo tre anni di inferno aveva rinunciato.

Si era buttato fin da bambino nel lavoro: prima nei campi, poi in fabbrica, quindi aveva iniziato a comprare terreni che rivendeva accortamente. L'unico vantaggio ricavato dalla scuola era costituito da sufficienti nozioni di aritmetica (sapeva fare molto bene le somme e le sottrazioni) e dalla capacità di leggere e scrivere (almeno sommariamente): i giornali gli aprirono mondi fino allora inesplorati sugli intrighi politici, sul destino dell'economia e sullo sviluppo possibile della sua regione.

Già da ragazzo aveva imparato a capire, con un intuito eccellente, quali terreni sarebbero diventati redditizi, dove sarebbero passate certe strade, quali si sarebbero deprezzati e quali si sarebbero trasformati da terreni agricoli in edificabili: su quell'intuito aveva costruito la sua fortuna. A diciotto anni aveva iniziato a intestarsi appezzamenti sempre maggiori e a ventiquattro poteva essere considerato un latifondista: la riforma dal servizio militare, a causa della bassa statura, gli aveva dato mesi e anni preziosi di vantaggio sui coetanei. In quel momento aveva compreso che l'unica strada per un cambio sostanziale nella sua vita era rappresentata dalla politica: il primo passo, aveva deciso, era quello di farsi una famiglia. Benché non avesse mai avuto un reale interesse per le ragazze, si era sposato al paesello con una lontana cugina e aveva reso felice la moglie con due gemelli, cui era seguita una bimba incredibilmente bella (visti i genitori).

Intanto si era reso conto che la sua scarsa attrazione per le donne aveva basi molto profonde, ma capiva anche perfettamente che una moglie e una famiglia "regolare" erano fondamentali per proporsi ai suoi concittadini. Con un modesto investimento aveva letteralmente "comprato" la sezione locale del partito e con pochi altri soldi era arrivato a essere segretario provinciale. Da lì la carriera era stata semplice: legatosi a un deputato in netta ascesa (che poi sarebbe approdato al Parlamento europeo), era divenuto assessore provinciale, poi deputato per due legislature, sottosegretario per qualche anno, infine segretario regionale del partito e candidato alla poltrona ministeriale, cui era stato chiamato come normale conclusione di un lavoro ben fatto. Aveva anche compreso i suoi limiti e si era reso conto che gli ostacoli potevano venire aggirati, se era impossibile abbatterli: invece di spendere tempo nello studio aveva finito per incorporare nella sua équipe, come consulente, l'anziano professore col compito di scrivere per lui i discorsi e di leggergli tutta la corrispondenza ufficiale. Per l'insegnante fu il coronamento di una carriera immacolata: ammesso nelle stanze più segrete, aveva dimostrato che sapeva perfettamente tacere, fino a diventare il suo consigliere più ascoltato, e fu dolorosa per l'uomo politico la sua scomparsa, che lo privò dell'unico saggio, che sapesse dare suggerimenti senza interessi personali.

Purtroppo il Ministro non era mai riuscito a migliorare il suo italiano e si limitava a leggere scarni comunicati -quando proprio era obbligato- e a utilizzare largamente il suo nuovo addetto stampa. Se proprio doveva parlare davanti alle televisioni aveva scoperto che la tecnica era in grado di correggere i suoi strafalcioni: quando sfuggì, in un'intervista, una lunga serie di anacoluti, il tecnico della RAI che era stato così sbadato da trasmetterli si trovò trasferito il giorno successivo in Zambia, ufficialmente per addestrare i colleghi locali, ma in realtà per meditare sui propri sbagli.

La prima isola sembrava una chiazza verde su sfondo blu cobalto: dopo un lungo volo (l'aereo aveva sorvolato Baghdad, quindi l'Afghanistan, il Pakistan e aveva puntato verso sud, sull'oceano indiano, a lungo invisibile per una spessa coltre di nubi) le prime esclamazioni dei passeggeri avevano rivolto l'attenzione di tutti gli altri verso il mare.

Elisa, che aveva sonnecchiato per qualche ora, aveva cercato di interessarsi al film proiettato sugli schermi e aveva rifiutato il dubbio cibo offerto ai passeggeri in classe economica, destò Sergio con un «guarda, cos'è?»

Ai loro occhi erano apparse le prime isole dell'atollo di Haa, il più settentrionale delle Maldive. «Che bei colori; ma sono piccolissime!»

«Le Maldive sono, quasi tutte, isole proprio piccine. E pensa che la massima altitudine sul mare, si fa per dire, è di due – tre metri».

La stanchezza del viaggio se ne andava in un attimo, e anche i bambini cominciarono a emergere dal lungo sonno (loro sì che avevano dormito proprio beati) e a strillare per guardarsi attorno, soprattutto quello della coppia dietro i due giovani.

La colazione finì in pochi minuti, e le hostess ebbero il loro da fare per mantenere tutti calmi: «Abbiamo ancora quasi un'ora di volo, intanto cominciate a riempire il foglio doganale».

A Sergio appariva un mistero imperscrutabile, nell'epoca informatica, l'esistenza di questi foglietti, da completare con il numero di volo (come se la polizia di frontiera non conoscesse benissimo i voli e i nomi dei passeggeri imbarcati) e con domande strane del tipo «quante volte è già venuto alle Maldive?» Una buona percentuale di queste ricevute viene regolarmente persa dai passeggeri più distratti e i poliziotti al re-imbarco sbuffano vistosamente mentre il timido turista comincia a temere di non poter mai più tornare in patria. «Magari così fosse!» spera qualcuno.

Trovò profondamente rinnovato l'aeroporto: non più un hangar di ferro, dove la temperatura raggiungeva vette astronomiche, ma un moderno centro con aria condizionata.

Poco era cambiato nel controllo dei bagagli: un passaggio sotto lo scanner e l'occhio attento dei doganieri, in cerca di temutissimo salame o di bottiglie di grappa dissimulate in bottigliette di acqua minerale. A Sergio un esperto aveva suggerito, se voleva importare qualcosa di proibito, di collocarlo nel bagaglio di Elisa, fra i suoi pannolini, dove il doganiere si sarebbe ben guardato dal frugare tra oggetti contaminati e impuri di donna.

Usciti, cercarono il banco del loro tour operator: mentre Sergio ed Elisa camminavano placidamente, furono superati dalla coppia che aveva viaggiato dietro di loro: il marito, innervosito, trainava un numero inverosimile di valigie, mentre la moglie rincorreva il bambino in fuga verso il mare, posto proprio di fianco all'aeroporto (che paura, quando si atterra!).

Poi, finalmente, il sorridente accompagnatore italiano, abbronzatissimo, con i capelli ricci per il mare, e la sua collega, le cui lunghe gambe, appena nascoste dal pareo (sarong, in linguaggio locale) non passavano inosservate come il seno prorompente, radunarono pazientemente in fila gli ospiti ed emisero la sentenza: «La barca parte solo fra due ore – l'idrovolante fra quindici minuti: chi ha scelto il supplemento per l'aereo venga subito qui, gli altri possono accomodarsi al bar a rinfrescarsi».

«Te l'avevo detto - borbottò la signora nervosa – ora ci tocca stare qui due ore, poi farne altre tre di barca: tutto per risparmiare quattro soldi!»

«Ma che quattro soldi, sono almeno quattrocento euro! –

ribatté ad alta voce il marito arpionando il figlio che cercava sempre di fuggire – poi sei stata tu a dirmi che ti volevi godere tutto il mare possibile».

All'occhio sornione dell'accompagnatore non sfuggì la discussione, pensando bene che, quando il marito avesse dovuto rincorrere il piccolino sulla spiaggia, la signora sarebbe stata sufficientemente irritata col coniuge da permettersi qualche piccolo svago extraconiugale: e chi meglio di lui sa essere dolce, deciso e buon consolatore delle signore afflitte?

In fondo alla coda dei turisti Sergio ed Elisa nemmeno si accorsero di quanto avveniva pochi metri avanti, ben sapendo che a loro sarebbe toccata la barca. L'occasione delle Maldive non era nata dai soliti ragazzi dell'agenzia di Via Solari (avevano dovuto chiudere, strangolati dall'esosità della BluVacanze) da cui Sergio aveva, in passato, ricevuto preziose indicazioni per vacanze a buon prezzo, ma da un collega che, essendo stato reclutato come medico in un villaggio, aveva dovuto rinunciare a causa di una malattia. D'emergenza, era riuscito a trovare Sergio, il quale aveva strappato con fatica al primario un permesso straordinario per portare Elisa in un luogo che le sue finanze non gli avrebbero mai permesso.

In realtà le ferie spettavano a Sergio di diritto: la conclusione della spiacevole avventura estiva che aveva rivoluzionato il reparto, culminata con la tragica scomparsa del primario e del suo aiuto di cui si era scoperta una insospettabile passione per i bambini, aveva anche fatto pervenire al giovane medico un permesso straordinario, dovuto a pressioni "dall'alto." Peraltro Gino Teodori, il vecchio aiuto promosso immediatamente a primario, pur grato a Sergio per quanto aveva fatto facendo uscire allo scoperto gli intrighi dei due defunti, non voleva privarsi del collega, le cui qualità erano immediatamente emerse quando era uscito dalla routine dove era stato confinato per anni, e l'aveva quindi obbligato a trascorrere in reparto quasi tutta l'estate. Nel mese di novembre, però, Teodori non aveva nessuna scusa per negare a Sergio un giusto periodo di vacanza e aveva borbottato solo un poco, pensando che, almeno, il suo nuovo aiuto sarebbe stato obbligato a restare in reparto per Natale.

Seduti, all'ombra di una palma, i due stavano riflettendo: «Che strano è il mondo – diceva Sergio – ci siamo conosciuti da neanche sei mesi e mi sembra una vita. Siamo riusciti a stare tranquilli solo nei primi giorni, quando ci hanno consigliato di allontanarci da Milano. Una settimana a Dolceacqua, in quell'agriturismo a picco sul mare. Beh, proprio sul mare no, ma a picco sulla valle sì, e vedevamo il mare in fondo, oltre Ventimiglia. Devo dire che a Terre Bianche, tra un bicchiere di Pigato e uno di Rossese, senza dimenticare la focaccia che ci preparava Paolo, ci siamo proprio rilassati. E, per la prima volta, ci siamo davvero ... come si dice, conosciuti. Non so per te, ma per me è stato entrare in un altro mondo. Nelle mie altre (poche) esperienze, si giocava; con te si vive davvero l'amore».

Elisa arrossiva inesorabilmente quando Sergio le parlava così e si rendeva conto che la sua intuizione era stata felice: quel lungagnone, così appassionato per il suo lavoro, era proprio una persona dolce e sensibile; forse l'uomo della sua vita, dopo qualche esperienza spiacevole.

Era felice di aver cambiato radicalmente il suo stile di vita: basta con Rimini in estate (Sergio doveva stare a Milano a lavorare e lei nemmeno pensava di lasciare il suo uomo); i due si erano accontentati della settimana trascorsa in un B&B a Dolceacqua, da cui avevano fatto una rapida puntata in Costa Azzurra. Sergio l'aveva stupita, portandola in una fabbrica di profumi, dove aveva sentito con meraviglia quanti fiori fossero necessari per produrre l'essenza di gelsomino e quale lavoro stesse dietro quella produzione: lì Sergio le aveva regalato un profumo al vétiver (chissà cos'era, ma era buono) e avevano inanellato chilometri fino alla Provenza, per rientrare tardissimo, inerpicandosi per le stradine tortuose sino al loro rifugio, dove dormivano abbracciati fino a tarda mattina.

«Tu ti ricordi quel cascinale che da' sulla valle? – chiese Elisa – quello dopo la cappellina, sulla curva, che sembrava abbandonato e che abbiamo esplorato?»

«Quello dove ti ho colta di sorpresa e ti ho buttata sul fieno?»

«Taci, ti prego – disse Elisa ancora arrossendo – è stato bellissimo ed era stupendo quel noce sul davanti e il pergolato di uva selvatica. Chissà a chi appartiene. Paolo ci diceva che 'dovrebbe' appartenere a qualcuno della mafia marsigliese, ma che nemmeno lui ha mai visto nessuno. Solo in certi giorni, diceva, si accorgeva che doveva essere abitato, per un po' di fumo che usciva dal camino, o per qualche ceppo spaccato nel cortile, e ci diceva che in quei giorni il suo cagnolino uggiolava tanto».

Furono tutti richiamati alla dura realtà maldiviana dai due ragazzi dello staff, che infine condussero il gregge dei turisti a una barca a motore, mentre richiamavano i ritardatari e invitavano i bambini a non raccogliere i coralli.

Come Dio volle (anzi, Allah, visto che la repubblica delle Maldive è ufficialmente islamica) i superstiti salirono a bordo, furono contati due volte (mancava la solita coppia col bambino) e si avviarono all'isolotto, dove giunsero a metà pomeriggio, accolti da un succo di frutta, una fetta d'ananas e una fettina di pizza «mangiate pure, questo è gratis. Tutto il resto poi ...» dicevano gli altri ospiti del villaggio.

I bagagli furono trasportati al bungalow dal ragazzo del Bangladesh, cui si doveva dare un dollaro o due come mancia («non esagerate, altrimenti si abituano male», disse subito il capo villaggio).

Poi Sergio si fece accompagnare insieme ad Elisa al suo regno: l'infermeria. E si misero le mani nei capelli.

I locali non erano però in condizioni drammatiche come

il giovane chirurgo aveva temuto all'inizio: frugando attentamente riuscì a trovare discreti ferri chirurgici, una sterilizzatrice addirittura funzionante, un po' di medicine, molto materiale per medicazioni (a ogni buon conto se n'era portata dietro una buona scorta) e perfino un letto per visitare i pazienti e un frigorifero. Certamente, il ghiaccio dentro il frigo risaliva, forse, alla fondazione della repubblica islamica delle Maldive e alcuni medicinali erano scaduti da qualche annetto, ma un paziente lavoro di qualche ora, aiutato dalla giovane fidanzata, aveva trasformato l'infermeria in un decoroso ambiente di primo soccorso che il chirurgo voleva utilizzare sia per gli ospiti, sia per i ragazzi che lavoravano, per pochi dollari, nell'isola.

L'aspetto migliore, vide subito Elisa, era rappresentato dalla 'sala d'attesa': alcune sedie raccolte sotto un gruppo di palme altissime, tra le quali nascevano arbusti con bellissimi fiori gialli, che si aprono al mattino e cadono nel pomeriggio assumendo una tinta color zafferano. I raggi del sole radente, al tramonto, li accendono come piccoli fuochi sulla sabbia che copre tutta l'isola. Sergio decorò subito i capelli di Elisa con qualche fiore, intrecciato grazie alle piccole liane degli alberi.

Alla sera il giovane dottore si premurò di dare saggi consigli ai nuovi arrivati: «usate creme ad alta protezione, indossate sempre un cappello e la tee-shirt anche quando nuotate, attenti ai polpacci e ai piedi!» ma era stato sprezzantemente zittito da un gruppetto, evidentemente *aere onustus*, che gli aveva risposto «siamo guide alpine, abituate al sole dei tremila, figuratevi se ci preoccupiamo di un po' di raggi a livello del mare!»

Dopo tre giorni, Sergio avrebbe rivisto lo stesso gruppetto, zoppicante e con i polpacci di un interessante colore che scivolava dal rosso fuoco al violetto: nessuno tra loro però aveva mai avuto il coraggio di interpellarlo e di chiedergli aiuto...

Purtroppo i giorni passarono fin troppo rapidi e Sergio riuscì solo a fare cinque immersioni, con la soddisfazione di vedere un'immensa manta e numerosi squaletti che giocavano tra i coralli e i branchi di barracuda, mentre i pesci farfalla, rigorosamente a coppie, volteggiavano tra i pesci pagliaccio e le placide cernie. In compenso stupì Elisa quando, mentre nuotavano con maschera e pinne tenendosi per mano, faceva improvvise immersioni in apnea e la ragazza si preoccupava perché non lo vedeva risalire: «Non stare sott'acqua così tanto tempo, mi fa paura» diceva, mentre Sergio tornava a immergersi lungamente e risaliva mostrandole una stella marina immensa, a forma di torta. Poi i due giovani fingevano di litigare e si spruzzavano d'acqua, fino a sdraiarsi sulla sabbia maldiviana, sempre fresca e candida.

Elisa, già dai primi giorni, aveva però richiamato l'attenzione di Sergio sulla coppia che aveva viaggiato nei sedili dietro i loro: «Non hai notato come la signora, che sembrava sprizzare fiele dagli occhi all'arrivo, ora è placida? Sembra che stia facendo le fusa».

«Sì - rispose il medico – e ho anche notato che Giorgio, l'animatore ricciolino, non è mai in giro quando la signora scompare dalla spiaggia. Mah!»

Il rientro fu insieme lieto e triste: nessuno dimenticava che si ritornava a casa, ma che si lasciava un piccolo grande pezzo di Paradiso. «Il Signore era proprio in forma quando creò queste isole» dicevano i turisti, mentre qualche lacrima scendeva.

Molte, forse troppe, sgorgavano dagli occhi della loro vicina, che aveva ricominciato a fare la madre e la moglie col marito giusto, stavolta, ma che piangeva perché non aveva visto all'imbarco il suo bell'animatore. Doverosamente già occupato con un'altra ospite che avvertiva la mancanza di casa: la homesick disease colpisce duramente molti di coloro che si avventurano alle Maldive!

«No, signora, non può cambiare il medico per la quarta volta in un mese: e perché lo vorrebbe fare, stavolta?»
«Quel ragazzino – disse la signora, anzianotta ma ben vestita, truccata e con occhiali di madreperla – non mi vuole prescrivere un'ecografia addominale. E io ho mal di pancia».
«Signora – disse con scarsa pazienza l'impiegato dello sportello di Piazza Accursio - se ben ricordo anche dieci giorni fa lei operò il cambio del medico per lo stesso motivo: non ha eseguito l'ecografia?»
«Sì, certamente, e mi era passato il mal di pancia. Ora però mi è tornato».
«Il suo medico l'ha visitata?» richiese con l'ultimo brandello di pazienza l'impiegato.
«Certamente! E non ha trovato nulla di brutto. Ma non si sa mai. Poi io ho pagato le tasse per tutta la mia vita: ora ho diritto a fare tutti gli esami che voglio, quando voglio, dove voglio! Ha capito bene?»
«Signora, credo opportuno che lei si affidi al suo medico, ma a uno solo, per carità!»
«Se quello non mi prescrive gli esami che voglio (per inciso, il cugino della zia della mia portinaia mi ha detto che sono esami innocui e che, non si sa mai, oggi possono trovare un tumore grosso così che la settimana scorsa non c'era) ... Non si sa mai! Ha capito? Allora cambio medico! Anzi, ora mi faccio prescrivere una bella risuonatrice magnetica dal prossimo medico. Perché poi c'ho un male al glutine che non lo sopporto più».
L'impiegato si arrese e assegnò la signora al medico indicato ("poverino, non sai che gatta da pelare ti ritrovi") non senza aver tentato di dissuadere la signora dall'iterare gli esami. Senza alcun successo.
Dopo sei ore, nelle quali aveva arginato ondate di pazien-

ti, generalmente infuriati col proprio medico perché non prescrive abbastanza esami, oppure perché non dà tutti i farmaci richiesti («devo cambiare quell'incompetente che rifiuta a mia nonna, di novantasei anni, il prodotto per il polistirolo e ce l'ha a 205 la poveretta!») Sidoli era davvero stanco e ricordava, con profondissimo rimpianto, il tempo – solo pochi mesi prima – allorché giungeva in ufficio alle dieci – undici, dava udienza ai pochi selezionati che superavano il severo esame della sua segretaria, e si apprestava alla colazione col sindaco, o alla puntatina in consiglio regionale, dove intessere nuove reti, stringere amicizie, verificare che nessuna leggina potesse intralciare il suo lavoro o scombinare le sue trame.

Al "suo" ristorante, non lontano dalla Stazione Centrale e vicino all'Istituto Gonzaga, era sempre pronto un tavolo nell'angolo più riservato, dove poteva discutere e risolvere pressoché tutti i problemi tra un piatto di spaghettini all'astice e una tagliata di spada, mentre innaffiava il desco con del buon pinot del Collio. Ora doveva limitarsi a un panino, comprato al bar d'angolo o nel banchetto della piazza, e mandato giù in fretta e furia con un sorso d'acqua.

Già, perché anche i suoi conti correnti si erano dissolti, o meglio, erano stati bloccati dalla magistratura che voleva vederci chiaro su certe operazioni. «Quei bastardi – pensava – che hanno stipendi principeschi e rifiutano di riconoscere il duro lavoro che mi ero fatto. E quelle piccole plusvalenze poi!» Quattro soldini che non era riuscito a far defluire alle Cayman in tempo.

Presto aveva dovuto rinunciare alla lussuosa casa che gli era stata offerta in comodato da un amico, il quale gliel'aveva precipitosamente richiesta indietro quando si era dimesso da ogni incarico politico, ed era rientrato nel suo vecchio appartamentino, dove aveva richiamato la moglie, l'unica che era stata contenta della situazione perché si era ricongiunta al suo sposo, preoccupandosi però di fare un bell'altarino a Santa Rita; proprio non capiva perché il marito sospirasse tanto ogni volta che passava davanti alla statua della santa: forse non gli piaceva l'odore della cera.

Sidoli non era riuscito a restare senza una donna e in fin dei conti la moglie era meglio che niente; di poco, forse, ma sempre meglio. Per il resto poi, era solo questione di organizzarsi ed era un ottimo organizzatore.

La riunione si svolse in una città belga, nella zona vallone. Il palazzo, in pietra antica, si affacciava sulla Meuse e le sue strette finestre dominavano la Place des Princes Evêques.

Tutti i partecipanti parlavano la lingua francese, pur con accenti diversi, alcuni dei quali ne svelavano la provenienza da altre nazioni europee.

Il dialogo è qui riportato in italiano: di esso fu fatta una registrazione e quindi è da ritenersi sufficientemente fedele.

«Cari colleghi, qui rappresentiamo, mi sia consentito, l'Europa molto meglio di quanto avvenga a Strasburgo.

Nessuno sarà chiamato per nome – proseguì *Roi Lion* –, ma ognuno di noi avrà il nick-name che gli abbiamo affidato.

La situazione è grave e chiedo, per chi lo desideri, una breve sintesi per i paesi che rappresenta. Ci siamo voluti limitare a una persona per gruppo linguistico o per area territoriale, anche se altri avrebbero avuto diritto di intervenire e me l'avevano chiesto. Gli assenti hanno accettato di essere rappresentati da noi: io, a esempio, sono qui per i paesi francofoni e ne sono responsabile.

Nei nostri territori la situazione è solo parzialmente sotto controllo, ma può essere definita ancora soddisfacente: in molti casi (la maggioranza devo dire) è stato abbastanza facile intervenire in fase di indagine; solo alcuni processi ci sono sfuggiti di mano, ma per altri è stato possibile svolgere per tempo adeguate pressioni, oppure raddrizzarli durante lo svolgimento. Teniamo conto che quando si trovano dei cadaveri, nessun giudice, anche se sensibile e vicino a noi, può fare finta che i morti siano vivi.

Abbiamo sostenuto grandi spese e cercheremo di provvedere anche a questo problema, ma contiamo su appoggi ad ogni livello, anche nella magistratura e nella polizia (non parlo, ovviamente, del livello politico che controlliamo benissimo). Abbiamo solo un'associazione che continua a operare contro di noi, in Belgio, ma la stampa evita di darle troppo spazio e si è riusciti a far credere che la principessa sia solo una vecchia pazza fanatica.

Un ottimo risultato è stato ottenuto togliendo la licenza a un medico francese che continuava a svolgere perizie su bambini dimostrando, a suo dire, che erano stati abusati. Siamo riusciti a emarginare completamente quella donna con benefici risultati. Posso concludere affermando che la situazione è, per ora, sotto controllo in quasi tutta l'Europa. Così non avviene in Italia, vero *Tiziano*?»

L'anziano personaggio che presiedeva la riunione alzò lo sguardo dal foglio su cui aveva scritto gli appunti e le sue spesse lenti scintillarono sotto la luce dei lampadari di cristallo, mentre il viso rubizzo e sorridente, incorniciato da lunghi capelli bianchi, tradiva una lunga passione per l'ottima birra locale

«È così in effetti, e anche per questo ho gradito l'incontro. Sto lavorando attivamente col Min.. voglio dire, con *La Tortue* per interventi legislativi opportuni, ma incontriamo resistenze nella magistratura: vorremmo intraprendere un'azione la quale, però, non potrà che essere coordinata e finanziata a livello europeo».

«Da parte nostra – intervenne *Wotan* – non c'è difficoltà. La libertà sessuale nei nostri paesi è ampia, forse troppo direi, e ogni accenno alla tematica dei minori viene rapidamente, come dire, raffreddato. Abbiamo poi avuto già abbastanza difficoltà con le vignette su Maometto per pensare a temi così trascurabili e illiberali.

Quanto a un finanziamento pensiamoci bene: i soldi non sono da buttare e dobbiamo ponderare rischi e benefici».

«A proposito di rischi – intervenne *Lenin*, il cui pizzetto grigio ricordava quello del suo illustre omologo e che continuava a gettare rapidi sguardi intorno a sé, sempre diffidente dopo aver conosciuto, ai tempi, le carceri del

KGB – mi sono convinto a venire solo per le insistenze di *Roi Lion*, ma non dovremmo mai farci vedere insieme.

Per i finanziamenti non c'è problema: le nostre aziende su Internet guadagnano cifre che le mettono in competizione con Gazprom, ma vogliamo risultati. Il governo locale è tranquillo: prima di pensare a noi ha qualche altro piccolo problemino da risolvere in Cecenia, Ossezia e nelle repubbliche islamiche, per non parlare della mafia moscovita: qualche innocua azienda che commercia in foto e film in internet è mille miglia lontana dal suo interesse».

La riunione si svolgeva molto pacata, in un'ampia sala, tutta in boiserie, con chicchere finissime, cioccolata prelibata e zuccheriere d'argento, ma la tensione era palpabile. A nessuno era nascosto che una crepa nel sistema poteva distruggere una diga ancora fragile.

«D'accordo: mi pare di capire che l'Italia è il nostro tallone d'Achille – intervenne *Drake* mentre *Adolf* annuiva – e circola voce che qualcuno stia svolgendo indagini che interesserebbero un nostro illustre compagno centroeuropeo per una cosuccia avvenuta in Italia: cosa suggerisce *Tiziano?*»

«Conosco bene il problema: in realtà c'è solo un magistrato che insiste caparbiamente a svolgere indagini nonostante i nostri sforzi – l'italiano sapeva che vi era stato molto clamore a seguito della scoperta di alcuni bimbi usati per 'innocenti' festini e per riprese filmate, su cui si stavano svolgendo indagini senza clamore e nel massimo segreto - L'unica scelta è quella di tagliare gli alti papaveri: crediamo che si possa indurre la magistratura a più miti consigli se viene eliminato almeno il pubblico ministero più pericoloso. Prima però dobbiamo scoprire di chi egli sospetti, perché sappiamo con sicurezza che svolge indagini segrete, ma nessuno è riuscito a capire su chi: non lascia appunti, non ne parla con i suoi collaboratori, non utilizza i consueti canali. È un vero osso duro. Non conosciamo poi i nomi dei suoi complici, nelle varie Procure d'Europa, e questo per noi è grave: ci è impossibile neutralizzare degli sconosciuti.

Il passo successivo sarà quello di impedire che alcuni specialisti insistano tanto nella diagnosi di abuso sui bambini: noi sappiamo bene che dei bambini non abusiamo, anzi li amiamo e abbiamo orrore di ogni abuso sui minori, ma c'è qualcuno che si ostina a inquadrarci in una categoria criminale, mentre noi aiutiamo solo i bambini a esprimere la loro sessualità già fiorente. Bene, anche questi medici dovranno essere messi a tacere. Prima però pensiamo ai magistrati più insolenti! Ho già un progetto, un'idea che dovrà essere supportata da tutti.

A voi, e soprattutto a *Drake*, *Goya* e *Adolf* lascerei il compito di preparare la stampa e l'opinione pubblica europea».

Un mormorio di consensi attraversò l'assemblea che concluse, per bocca del *Roi Lion*: «Lasciamo a *Tiziano* ampia libertà di manovra e gli chiediamo di svolgere un analogo incontro con persone fidate in Italia. Da parte mia garantisco la disponibilità di personale adatto per ogni iniziativa. Tutti insieme gli assicuriamo finanziamenti e copertura sia politica che di stampa. Solamente: esigiamo – la parola fu pesantemente sottolineata - risultati concreti. La nostra è una grande battaglia di civiltà e non possiamo nemmeno lontanamente correre il rischio di perderla.

Tiziano coordinerà al meglio ogni fase, noi gli daremo entro limiti amplissimi tutto l'appoggio che chiederà, ma sarà personalmente responsabile presso di noi del buon andamento dei lavori. E ... se fallisse, lui e il suo amico ministro che ce l'ha inviato, ne risponderanno».

Il giovane sottosegretario uscì non molto soddisfatto: prima di iniziare era convinto che l'avrebbero acclamato come eroe coraggioso, poi si era reso conto di essere entrato nella gabbia dei leoni (letteralmente) senza nemmeno una frusta. Non aveva apprezzato lo sguardo impassibile dello scandinavo *Wotan* né l'aria gelida del ricchissimo *Lenin* e nemmeno il sorriso mellifluo dell'iberico *Goya* (probabilmente un portoghese, a giudicare dall'accento), che aveva continuato a guardarlo fisso per tutta la durata dell'incontro, e aveva ben compreso che si giocava tutto il proprio futuro in questa battaglia.

Andò quindi, a passo svelto, a un locale, poco distante dal luogo di riunione, che era la sede del circolo italiano. I nostri connazionali emigrati si riuniscono spesso per pensare e sognare la patria lontana; dovere di un buon deputato è anche quello di incontrarli. Così giustificava ufficialmente il viaggio, le cui spese venivano assunte dal governo italiano.

La serata passò rapidamente, tra canti italiani e spaghettate, mentre anche del buon barbera circolava liberamente, ma Giani dovette poi ammettere che non rammentava quasi nulla di ciò che disse e che fu detto al circolo, troppo preoccupato per la responsabilità che gli avevano data e per la minaccia – poi non così velata – delle ultime parole.

Rientrato a Roma passò la serata, fumando un sigaro e riflettendo sulla strada migliore da percorrere.

Poi prese una decisione.

Al Parco delle Cave

«Dottor Bucciantini – disse il suo segretario tenendo una mano sulla cornetta del telefono – c'è quel rompiscatole di Ruggeri, della Polizia Postale: gli dico che è impegnatissimo?»

«Sì, anzi no, passamelo, ma speriamo che si spicci. Allora, che c'è di nuovo da Via Lauria?»

«Dovrei parlarle riservatamente – rispose l'agente – ma non si tratta di problemi elettronici. Diciamo piuttosto che sono problemi di flora e fauna».

«Sei impazzito a farmi perdere tempo per queste sciocchezze?» disse Bucciantini mentre il suo segretario, che sapeva bene come il carattere lento e metodico del poliziotto facesse a pugni con l'irruenza vulcanica del suo capo, se la rideva sotto i baffi.

«La devo vedere fuori ufficio - ribatté irremovibile il poliziotto – e mi permetto di suggerirle un incontro lungo la strada che lei percorre in bicicletta: in viale Monte Nero al solito posto. L'aspetto lì stasera alle sei, se le va bene».

Bucciantini era rimasto perplesso: Ruggeri era ben conosciuto per la totale mancanza di fantasia, la puntigliosità e la precisione nello svolgere indagini e l'incredibile lentezza e pignoleria nell'esporre i risultati, e il sostituto procuratore sapeva che un incontro con l'agente significava perdere molto tempo. Però era ben raro che Ruggeri agisse in modo così eccentrico, fissandogli appuntamenti fuori sede, quasi clandestini (solo un'altra volta aveva utilizzato quel sistema, e con ragione, riconobbe Bucciantini); era poi molto stimato dalla sua dirigente, la Borgese, e ritenuto maniacale nel rispetto delle regole e delle leggi. Si limitò quindi a borbottare un «Sì, va bene» e a riappendere stizzito, senza rispondere alle pur caute domande del suo segretario.

Quella sera (le giornate erano ancora corte) un ciclista stava percorrendo viale Monte Nero: un cappello da sciatore tirato sulle orecchie e una giacca a vento azzurra lo facevano paragonare al "Grande Puffo" ma la barba lunga e uno sguardo severo intimorirono un bambino che lo stava per indicare alla mamma.

Presa la bicicletta sotto braccio (meglio non abbandonarla incustodita), il ciclista raggiunse una panchina alla sua sinistra dopo aver salito alcuni ripidi gradini; a fine ottocento qualche architetto creò una serie di spazi in finta pietra con alberi e panchine, che dispose qua e là lungo la Cerchia dei Navigli: ne restano alcuni esemplari vicino ai giardini pubblici di Piazza Oberdan e, appunto, in viale Monte Nero.

Un lampione di ferro, con decorazioni liberty, diffondeva una luce discreta, velata dai rami degli alberi, la quale permise al magistrato di vedere la nota figura allampanata di Ruggeri che presidiava la panchina già scelta in passato per incontri informali. Era in posizione invidiabile: dominava entrambe le circonvallazioni, ma era occultata da siepi e alberi. Nessuno avrebbe potuto avvicinarsi senza essere individuato da lontano.

«Spero che abbia qualcosa di importante – sibilò Bucciantini – perché ho un sacco di lavoro in ufficio». In realtà aveva "un sacco di lavoro" che lo attendeva, ma fuori dell'ufficio.

Il poliziotto raccontò che non si era mai rassegnato alla conclusione della precedente indagine in cui si era identificata una villetta come sede di un fosco gruppo pedofilo: sicuramente dei bambini vi erano passati ed erano stati forse uccisi, ma non si era mai trovato un resto umano.

Ruggeri non si era dato tregua finché ebbe un sospetto. Mentre praticava il consueto jogging («solo sei o sette chilometri al giorno») si era accorto della presenza di alcune nuove essenze mosse dal vento in un angolo del parco delle Cave dove altre volte aveva condotto la famiglia e gli amici a fare un barbecue, ma non si era soffermato sull'osservazione, salvo annotare la presenza degli alberelli, belli e robusti.

«L'altro ieri ho fatto ancora jogging -non passavo lì da molti mesi, forse dalla scorsa estate- e c'era una vera foresta di pini di Natale».

«Abeti, Ruggeri, sono degli abeti».

«Va bene, comunque ho notato che il numero delle piante sembrava aumentato e che una, anzi, era un po' inclinata. Io non riesco a smettere mai di fare l'investigatore, lo sa, dottore; forse non sono uno molto svelto, ma certamente sono tenace. Così ho chiamato un amico, che lavora come geometra alla Parchi e Giardini, per chiedergli informazioni: mi ha escluso che il Comune avesse provveduto a piantumare l'area. Oggi sono tornato e mi sono fermato: belle piante, mi creda. Tranne appunto una, tutta storta, e con le radici sollevate. Ho guardato bene tra le radici che affioravano ed ho visto un sacco nero, di quelli per la spazzatura, lacerato in un angolo; ne spuntava qualche osso, piccolo, forse umano, e degli indumenti. Non sapevo cosa fare e ho pensato di chiederlo a lei».

«Ma proprio tu mi dici certe cose: non sai che hai il dovere assoluto di segnalare certi fatti alla magistratura?»

«Sì, lo so, ma se facevo oggi la segnalazione andava dritta sul tavolo del magistrato di turno, la dottoressa ..., e sono certo che quella non si sarebbe dannata l'anima per svolgere indagini, specie in materia di pedofilia».

«No, non sono d'accordo con lei, Ruggeri: anche se la dottoressa odia l'argomento ed è sempre pronta a trovare scuse per i pedofili, di fronte a un cadavere, o supposto tale, sono sicuro che si sarebbe comportata correttamente».

«Certo, ma se, glielo dico per pura ipotesi, là sotto ci fossero davvero bambini e se, mi permetta ancora un'altra ipotesi, fossero riconducibili alle sue indagini, crede che le avrebbe passato il caso?»

«Lasciamo perdere – ribatté Bucciantini – tu stai dubitando di una collega integerrima (anche se un po' st... beh, lasciamo perdere) e per di più ometti la denuncia.

L'unica soluzione ormai, vista l'ora, è che tu ti presenti domani da me e mi riferisca ufficialmente l'accaduto, come frutto dei tuoi accertamenti che porrai in relazione alle passate indagini. Io sono di turno proprio domani, quindi posso autorizzare immediatamente gli scavi aprendo un fascicolo nuovo».

In quel momento un soffio di vento spostò il ramo dell'albero che li sovrastava, la luce dello storico lampione cadde sull'orologio che il magistrato portava al polso sinistro, ed egli vide con orrore che aveva solo pochi minuti per trovarsi davanti alla casa di una giovane avvocatessa, che trattava solo diritto societario ma che non sembrava indifferente alla barba lunga, ma ben curata, del magistrato, la quale da poche settimane distraeva lo sguardo dai capelli divenuti ormai un po' radi e valorizzava gli occhi, azzurri e decisi.

Lasciando esterrefatto Ruggieri «L'aspetto domani alle otto in punto», Bucciantini scattò lungo i gradini, inforcò la bici e si precipitò a casa per recuperare la macchina senza nemmeno cambiarsi d'abito: la serata era programmata in un locale tex-mex vicino al Ponte delle Gabelle e i nachos, la fajita e un buon Marzemino (poco messicano ma squisito) sciolsero le, peraltro minime, velleità di resistenza della giovane avvocatessa.

La mattina successiva, mentre il palazzo iniziava ad animarsi lentamente, Bucciantini, tutto solo in ufficio, era già al lavoro con Ruggeri e si affannava sul computer: «Qui c'è l'autorizzazione per gli scavi. Contatti il Comune di Milano e si faccia aiutare da qualcuno degli addetti ai parchi. E silenzio assoluto con la stampa; e con chiunque altro: l'indagine sarà secretata».

«Dottore, mi permetta di chiederglielo ora che siamo soli, ma vedo che ormai troppo spesso non si fa aiutare dai suoi collaboratori: ha qualche problema con Antonelli?»

«Il mio capo è venuto a conoscenza di un piccolo dettaglio che è uscito sicuramente dal mio ufficio e che non desideravo fosse conosciuto troppo presto. Non ho voluto vederci malafede, ma non so se sia stato Antonelli o Renata, la segretaria che sta strepitando per essere trasferita vicino a casa, in Ciociaria. Penso che sia stata solo una sbadataggine, ma ormai ho deciso che alcuni affari li tratto da solo, almeno finché posso».

«Non mi permetto di darle consigli, dottore, ma la ragazzina non mi è mai piaciuta fino in fondo: anche quel suo modo di vestire, troppo appariscente; mi sembra che l'ufficio di un magistrato non sia il luogo ideale per ostentare che ha dei seni belli e abbondanti e che il reggiseno è per lei un semplice accessorio, opzionale per giunta».

«Non stia a perdere tempo pensando troppo alle grazie di Renata – interruppe nervosamente Bucciantini, che già non apprezzava la continua esibizione della bionda segretaria – e si metta subito al lavoro».

Qualche ora dopo una piccola squadra di operai iniziò dei lavori di scavo, con un funzionario comunale molto preoccupato e infelice: «Qui non dovrebbero esserci alberi: nessuno dei miei si è accorto di questa forestazione abusiva. Il mio dirigente mi spellerà vivo quando lo saprà».

In realtà il dirigente ne ebbe la notizia solo molto tempo dopo, perché il magistrato aveva secretato ogni atto e gli operai erano stati avvisati dell'obbligo di non parlare con nessuno su quanto avessero scoperto.

Dopo le prime palate di terra rimosse dall'albero pencolante, il lavoro si fermò e fu chiamato immediatamente un medico legale dell'istituto universitario per un sopralluogo: era di turno il dottor Luigi Cavalli, un giovane appassionato di antropologia, che osservò i primi resti e fece venire discretamente un furgone per farseli trasportare in Istituto, ma dovette trattenersi molto a lungo perché Ruggeri aveva fatto iniziare gli scavi anche sotto gli altri alberelli. Il contenuto dei cinque sacchi di plastica fu avviato all'obitorio, mentre il giovane medico fu convocato in Procura per un incarico formale di procedere all'identificazione dei resti, indicando se si trattasse di resti umani e, in caso positivo, a chi potessero essere appartenuti. Ultimo quesito fu la possibile identificazione della causa di morte.

Il giovane si mise subito al lavoro, che poté iniziare solo dopo le formalità di rito e l'attribuzione allo stesso da parte del magistrato di turno (lo stesso Bucciantini) dell'autorizzazione a svolgere l'autopsia e la perizia sui resti, ormai quasi scheletrizzati.

Il giovane medico spiegò al magistrato come intendeva procedere, dopo aver confermato dalla forma, l'aspetto e le dimensioni delle ossa, che si trattasse di resti umani e di bambini.

Assegnato un numero d'ordine a ognuno dei resti, il medico legale iniziò a studiarli col distacco che tali specialisti devono utilizzare nel loro lavoro, dove l'emozionalità e la fretta sono destinate sempre a fornire risultati mediocri o negativi.

Aperto il primo sacco, ne estrasse residui di vestiti, strappati, tra i quali identificò una gonnellina a fiori stampati e una tee shirt ormai lacera.

Una radiografia della bimba cominciò a fornire alcuni risultati.

L'età può essere identificata con vari criteri, ma la presenza di alcune trasformazioni delle ossa consente di raggiungere un'ottima precisione. In effetti le ossa dei bambini sono in parte ancora cartilaginee; in esse compaiono dei nuclei di ossificazioni in epoche ben determinate, mentre sono ben visibili, nelle ossa lunghe, delle zone cartilaginee (dette appunto cartilagini di accrescimento) che consentono all'osso di allungarsi durante il processo di crescita. Il fenomeno di trasformazione ossea dello scheletro si esaurisce verso i 24 anni e la presenza, o assenza, dei nuclei di ossificazione permette un'attribuzione di età abbastanza precisa.

La prima bimba (la forma del bacino, oltre agli abiti, orientava già all'attribuzione del sesso) mostrava la presenza di un nucleo di ossificazione prezioso, al quinto dito del piede, che suggeriva un'età non inferiore a cinque anni. L'assenza di nucleo nell'osso pisiforme consentiva di attribuire i resti a una minore di età non superiore ai sei – sette anni.

Quando Cavalli procedette all'autopsia vera e propria non riuscì a identificare, nei poveri resti, alcun altro elemento utilizzabile, tranne la conferma che si trattava di una bimba prepubere. A ogni buon conto prelevò due denti, che mise immediatamente in freezer a venti gradi sotto zero, per una futura, possibile, indagine sul DNA.

I riscontri successivi diedero esiti simili: tutti gli altri si rivelarono dei maschietti, di età inferiore ai sei anni (il più piccolo dei bimbi aveva un'età di circa due anni), ma i cadaveri erano in condizioni molto più precarie. La data di morte doveva risalire almeno a sei – dodici mesi prima della scoperta: i resti umani, sepolti nel terreno, e soprattutto quelli di bambini si deteriorano rapidamente. Trattandosi quindi di resti pressoché scheletrizzati la data di morte poteva appunto essere fatta risalire al tempo indicato, o ad alcuni mesi indietro.

Le cause di morte non poterono essere definite in quattro dei piccoli infelici, ma in uno di essi fu riscontrata una frattura delle ossa craniche, che fu riconosciuta come avvenuta durante la vita, nonché la frattura di molte coste e del bacino.

Per tutti fu effettuato un prelievo per l'esame del DNA e fu disposto, con urgenza, un confronto col DNA trovato nelle tracce ematiche della villa.

Solo dodici giorni dopo il laboratorio emise il verdetto: le tracce di sangue riscontrate nella villa erano appartenute almeno a sette persone; per quattro vi era assoluta coincidenza col DNA dei reperti delle Cave, uno dei piccoli cadaveri non aveva lasciato tracce nella villa.

Il giovane medico fu quindi spronato dal magistrato a produrre con fretta inconsueta una perizia, o almeno un'anticipazione delle conclusioni, che permisero a Bucciantini di formalizzare un nuovo procedimento. Nel Palazzo e al di fuori si ebbero immediatamente alcune reazioni, culminate in una telefonata fra due personaggi «Non è possibile sottrarre a Bucciantini l'indagine?» chiese una voce ormai largamente nota nelle rubriche politiche.

«Oltre che tecnicamente impossibile, sarebbe impopolare che un magistrato, il quale sta ottenendo risultati impressionanti, sia defraudato di un'indagine così importante, e senza alcun motivo plausibile - rispose un'altra voce, austera ma alquanto preoccupata – certo che è proprio un caso incredibile che la scoperta dei resti sia avvenuta nel giorno in cui era di turno esterno».

«È questo che preoccupa tutti noi: sembra che l'uomo non sia più controllabile».

«Sfugge perfino alla mia autorità – riprese la seconda voce – ma mi rifiuto di compiere gesti che mi esporrebbero troppo. Dovete valutare voi fin dove si possa spingere: del resto è un ottimo magistrato e non sta compiendo nulla di meno che corretto».

«Lo sappiamo e anche questo ci preoccupa, ma lei si limiti a controllare la situazione, lo incoraggi e verifichi solo che non ... imbocchi troppo rapidamente strade a noi nocive: nel caso ... lei lo sa bene, un colpetto di freno può sempre essere dato.

In casi estremi mi avvisi».

Il piano comincia

Ormai la sera calava sempre più presto e solo le luminarie di Natale illuminavano Roma a giorno.

Ai Parioli, nella casa dell'anziana contessa, il tavolino era illuminato da un pregiato candeliere d'argento e le chicchere di finissima porcellana di Limoges riflettevano la luce delle dodici candele, mentre sul lato opposto della stanza un tavolino reggeva con nonchalance un leggio, su cui era aperto un incunabolo, e un'abat-jour che illuminava debolmente gli antichi mobili di legno pregiato.

«È stato molto cortese, onorevole, a venire a trovare un'anziana – disse con un filo di voce la signora, il cui filo di perle nere appeso al collo doveva valere un patrimonio – lei gradisce un tè?»

«La ringrazio – rispose l'uomo – lo accetto con piacere, ma le chiedo troppo se le dico che il mio preferito è il Lapsang Souchong?»

«Mi piacciono gli uomini che sanno cosa vogliono: certamente sarò lieta di offrirglielo – rispose con un sorriso la signora, chiamando il maggiordomo che si era materializzato accanto a loro – Battista, l'onorevole Giani gradisce un Lapsang Souchong, per me il solito Darjeeling. Speriamo di trovarne ancora perché mi dicono che sta cominciando ad essere proprio raro».

Quando il maggiordomo fu uscito, la signora riprese con un sorriso: «Sembra una battuta, ma si chiama proprio Battista ed è una persona nata per fare quel lavoro: è perfetto, silenzioso, capisce cosa desidero e mi sa perfino anticipare, si materializza presso di me quando ho necessità, ma scompare appena non ne ho più bisogno. Mi ricorda, lei forse ha visto il film, il maggiordomo di 'Il Paradiso può attendere', anche nel tono di voce.

Ma mi parli un poco di lei: il mio amico, anzi, il nostro comune amico, non ha più tempo per onorare il mio salotto e mi ha suggerito il suo nome, parlandomi di lei con accenni lusinghieri. Mi sono permesso di svolgere una rapida scorsa negli annuari: lei è proprio un uomo in gamba, perfino troppo per essere un sottosegretario. O meglio, per essere solo un sottosegretario. Però, devo dire che le sue foto sono ingannevoli».

«Mi spiace, signora contessa, mi auguro solo di non deluderla troppo».

«Anzi, caro Cesare – posso chiamarla così? – lei è molto meglio di quanto appaia nelle sue poche fotografie apparse sui giornali. Ma perché è così schivo? Non è un bene per un politico. E poi, la prego, non mi chiami 'signora contessa', qui tra noi mi chiami Rosa, anzi, Rosetta, se le piace: è il diminutivo che mi davano da giovane».

«E quindi fino a poco tempo fa, cara cont... voglio dire, cara Rosetta. Devo dire che il signor Ministro ha fatto bene a insistere presso lei affinché la conoscessi: è una persona affascinante, e anche la storia del suo palazzo, ne sono sicuro, deve essere interessante – disse Giani, centellinando il tè, amaro e forte – e forse piena di misteri».

«Finisca il tè, Cesare, poi mi segua; anzi, seguimi e dammi del tu: voglio farti conoscere il mio palazzo. Pensa che esistono delle segrete dove, si dice fosse stata murata viva una mia ava. In effetti, nelle notti di luna piena, come oggi, mi sembra di sentire una voce nei corridoi. E qualche volta l'ho anche vista passare attraverso le pareti: sembra essere stata una bellissima donna.

Poi c'è un passaggio segreto che porta alla chiesa qui vicino: alcune leggende sussurrano che il cardinale mio antenato, l'abbia sovente utilizzata per incontrare qui la sua favorita. Ma non te ne scandalizzare, a quell'epoca anche i papi avevano almeno un'amante. Ora i tempi sono cambiati, purtroppo, e gli uomini non sono più gli stessi».

«Forse non tutti, Rosetta: fra noi c'è ancora qualcuno, credimi, degno di appartenere al genere maschile – rispose Giani, mentre tacitava una vocina, nel più profondo della coscienza, che stava lamentandosi – fammi visitare le altre stanze e conoscere i segreti di questa magione».

La mattina successiva, molto di buon'ora, un taxi caricava un deputato, alquanto preoccupato di non essere riconosciuto, ma lieto di non aver sentito né incontrato il fantasma dell'antenata. La colazione, gustata a letto con la contessa, anzi con Rosetta, era stata impeccabile, servita da Battista su un vassoio d'argento che doveva valere quanto il suo stipendio mensile da sottosegretario, con dei deliziosi biscottini inglesi che si erano sciolti in bocca. «Ma guarda cosa mi tocca fare – pensava Cesare – però devo dire che non la ritenevo una furia così scatenata. E oggi ho una seduta in commissione alla Camera. Se non mi bevo subito un altro caffè doppio mi addormento sul banco. Speriamo solo che il tutto ne valga la pena. Certo che l'antica nobiltà capitolina ha forse più potere di quanto credessi, sia oltre Tevere, che al di qua del fiume».

Poche settimane dopo l'onorevole Cesare Giani ricevette un invito ufficiale a presenziare alla cena presso la contessa. Cravatta nera d'obbligo.

Il salotto quella volta era splendidamente illuminato da luci soffuse, ma non mancavano sapienti candelabri, che davano un tono di antico. Con consumata maestria l'onorevole baciò la mano della contessa, trattenendola appena un attimo più del dovuto «È un onore ricevere un invito da lei, signora Contessa, i miei colleghi più fortunati mi hanno sempre magnificato i suoi ricevimenti».

«È per me un grande piacere, mi creda, – rispose la dama guardando il sottosegretario con un sorriso in fondo agli occhi – la fama della sua saggezza politica, ma soprattutto del suo savoir faire (altro scintillio negli occhi) mi ha suggerito di averla ospite nella mia modesta casa. Permetta che le presenti alcuni vecchi e cari amici».

Condotto dalla contessa che gli aveva offerto il braccio (onore ben raro) Giani fu presentato ai migliori esponenti della nobiltà romana quindi, seguendo un rigido protocollo, ai nobili extra-capitolini, ai ricchi palazzinari, agli attori, ai politici di medio e basso rango, e quindi agli altri ospiti. Battista, che accompagnava la contessa in ogni luogo (qualcuno riteneva che l'accompagnasse proprio dovunque, e non sbagliava, in fondo) presentò al sottosegretario ogni ospite, senza mancare di indicare anche il nome dell'accompagnatrice, perfino di quelle occasionali. Terminato il giro si accomiatò dall'ospite «Sarò lieto di mostrarle anche altre parti, meno conosciute, del mio palazzo, quando avrà tempo di visitarlo: spero molto presto» gli disse con un sorriso complice e lo affidò a un ricco palazzinaro e alla sua compagna, una rossa (naturale?) molto esuberante che si attaccò come un'ostrica al deputato. «Beh, almeno non come una cozza...» pensò Giani dopo aver osservato, con discrezione e senza farsi notare, le grazie appena nascoste della signorina.

«Vedo che ha già trovato buona compagnia – gli si avvicinò un nobile romano, un po' alticcio mentre Giani stava portando alla sua compagna un bicchiere di champagne – la signora ha un magnifico decolleté! »

«La scollatura di una signora è da ammirare, non da guardare!» rispose severamente Giani che, oltre alle profondità dello scollo, era riuscito già con la prima occhiata ad apprezzare anche la vita sottile, i fianchi stretti e le lunghe gambe della giovane Roberta. Non era poi tanto giovane, se osservata bene, ben tenuta, un po' ridanciana, ma non stupida come gli era stata descritta – si disse Cesare – e in grado di conversare per qualche minuto su qualsiasi argomento con sufficiente proprietà.

Verso la fine della festa, splendida e completata da un lussuoso buffet, il palazzinaro chiese al deputato la cortesia di accompagnare a casa la (ex) amica, perché egli doveva rientrare nei colli, presso la sua famiglia.

«Caro Cesare - disse Roberta mentre si avviava alla macchina del nuovo amico - è stata una splendida serata, e sono ben lieta che la contessa non trattenga a lungo gli ospiti. Parlami di te e del tuo lavoro: deve essere affascinante».

«Non credo che la vita politica sia poi così emozionante – rispose Giani – è una serie infinita di riunioni e di incontri, nei quali senti le richieste di tutte le parti e cerchi, alla fine, la soluzione migliore per la comunità».

In verità –pensò– si trattava di una visione purgata del mondo politico, poiché la realtà per lui era sovente più semplice: ascoltava tutte le parti interessate a un provvedimento, quindi optava per la soluzione più conveniente ai propri sponsor. I migliori imprenditori sono proprio coloro che hanno argomenti così solidi (sonanti, addirittura) da essere ascoltati dalla destra e dalla sinistra, sicuri di ottenere sempre il proprio tornaconto, qualunque sia la maggioranza.

Nel mondo politico, fino a qualche anno fa, esistevano almeno tre categorie di personaggi eletti (si parla delle cariche interessanti: consigliere comunale di grande città, consigliere regionale e deputato). Il primo gruppo, più ristretto, era di assoluta osservanza ideologica: i fedelissimi del partito, le persone che avevano fatto la gavetta, e che si erano anche sobbarcati gli incarichi più pesanti. Questi erano i depositari della coerenza ideologica nei grandi partiti di massa.

Un altro gruppo, di dimensioni variabili, era costituito dagli "imprevisti", le persone che venivano elette perché ottenevano (senza che nemmeno i partiti potessero impedirlo) numerose preferenze, vuoi per stima nei loro riguardi, vuoi anche per la speranza di benefici da parte degli elettori: questi eletti erano le schegge impazzite e più pericolose, perché potevano addirittura fare politica nell'interesse del popolo; poco controllabili, finivano per essere emarginati in posti di prestigio, magari ben pagati, ma innocui, oppure erano semplicemente eliminati nei successivi passaggi elettorali.

Il terzo, numericamente importante e costantemente collocato nei posti di responsabilità, era rappresentato dalle persone fiduciarie dei potenti: ogni grande azienda, ogni centro di potere si è sempre premurato di allevare o coltivare persone strettamente legate a essi, ma con una faccia-ta presentabile, talora anche con un discreto, se non buo-no, livello culturale, da introdurre in tutti i partiti politici. Ovviamente tali categorie, molto schematiche, si intrec-ciavano tra loro; ora, per fortuna, non avviene più così: il cittadino, quando vota, non ha più la pesante responsa-bilità di scegliere l'eletto. Ogni partito ha già predetermi-nato gli eleggibili (vi è chi afferma maliziosamente che la scelta così ricade su cani e porci, con netta prevalenza di questi ultimi), selezionando i candidati, di regola, fra la prima e l'ultima categoria, per evitare accuratamente che possa nascere qualche personaggio che, magari, rappre-senti proprio la gente; ogni cambio nei sistemi elettorali rafforza questo orientamento. Del resto, che gli elettori debbano addirittura scegliere chi li deve governare ap-pare, a chi ha il potere, francamente bizzarro e fuori del tempo! Oltre che pericoloso.

Nel viaggio verso casa, Cesare si rasserenò conversando con Roberta, che era anche allegra e ricca di senso dell'u-morismo, e si scusò, giungendo nei pressi della propria abitazione, per non averle nemmeno chiesto dove deside-rasse che l'accompagnasse.

«Non ho casa a Roma – rispose la ragazza – ma se lo pre-ferisci puoi accompagnarmi in un albergo».

«Non ho esattamente una collezione di farfalle da mo-strarti – disse Cesare mentre Roberta sorrideva – ma forse ti potranno piacere alcune antiche ceramiche che mi han-no regalato: estratte da scavi sanniti ed etruschi».

Il termine "sannita" risuonava alquanto misterioso alle orecchie di Roberta, che mostrò comunque interesse ver-so le misteriose ceramiche.

«Se sarai così gentile da ospitarmi ti sarò molto ricono-scente – le disse Roberta – e credo che le tue ceramiche sunnite mi piaceranno molto».

«Sannite, non sunnite: i sanniti erano un'antica popolazione italica, mentre i sunniti sono un gruppo islamico» le precisò Cesare, il quale vedeva molto più semplice del previsto l'approccio alla ragazza e che alla fine doveva ringraziare l'amico ministro per averlo "obbligato" ad accompagnarsi a Roberta.

Quando salirono, Cesare iniziò a chiedersi come dovesse comportarsi, quale tipo di approccio fosse politically correct e cosa dovesse evitare, ma la ragazza gli tolse ogni preoccupazione: «Se mi lasci qualche minuto in bagno mi farei una doccia; poi vorrei proprio vedere la tua collezione di ceramiche».

Cesare era alquanto preoccupato: la ragazza non aveva apparentemente indumenti di ricambio, e portava con sé una borsetta da sera microscopica che aveva appoggiato sul tavolino. Pur sentendosi a disagio le aprì di nascosto la borsetta: conteneva solo un borsellino con diverse centinaia di euro e i documenti (Roberta Fantoni, libera di stato, attrice, nata trentun anni fa, lesse rapidamente), un fazzoletto, il rossetto e un fard, un sacchetto con qualcosa che si rivelò un paio di tanga color crema, molto fini e lavorati, e una busta di medicine (Harmonet, vide: verosimilmente una pillola). Probabilmente era quanto bastava per "essere ospitate", almeno per il primo giorno.

La ragazza emerse dalla doccia avvolta nell'accappatoio di Cesare, struccata e con i capelli sciolti: era decisamente carina, anche se mostrava i suoi trent'anni, e l'accappatoio non riusciva proprio a contenere l'esuberanza dei seni. Comunque Roberta non sembrava preoccuparsene, ed emanava un buon profumo mentre seguiva Cesare che le mostrava le ceramiche, frutto di scavi (rigorosamente clandestini) e di acquisti, favoriti dal suo ruolo politico. Le lunghe gambe uscivano dall'accappatoio e si stringeva sempre più al suo anfitrione finché, giunta a metà di una battaglia fra Romani e Sanniti, cominciò a sbadigliare.

«Sono proprio uno sciocco, sarai stanca dopo la festa dalla contessa e non ti ho ancora fatto riposare; ora, se vuoi venire, ti mostro il resto della casa».

Con naturalezza la ragazza si sdraiò nel letto dove il pigiama di Cesare era accuratamente piegato e con altrettanta naturalezza si tolse l'accappatoio e si rivestì della giacca del pigiama di Cesare: «Che buon profumo di maschio» gli disse, mentre dimostrava con semplicità di essere bionda naturale, anzi, proprio fulva. «E ora, mostrami anche il resto».

L'unico appunto che Cesare poteva sollevarle, la mattina dopo, era che evidentemente aveva il seno rifatto; con buona tecnica, dovette ammettere, ma erano ancora ben visibili le cicatrici vicino al capezzolo. E per fortuna si era accontentata di essere solo un po' coccolata prima di addormentarsi in un sonno profondo, perché anche Cesare era stanco e l'avrebbe atteso una giornata pesante.

Al mattino egli fu ridestato dal profumo del caffè: «Volevo svegliarti con qualcosa di caldo» gli disse Roberta, sempre vestita (si fa per dire) dalla sola giacca del pigiama, quando Cesare la raggiunse.

«E ci sei proprio riuscita» le disse Cesare dopo una rapida occhiata alle parti che il pigiama non riusciva completamente a occultare, sdraiandola sulla tavola della cucina.

Fu un intermezzo che impedì a Cesare di fare colazione, ma che i sospiri e i gridolini di Roberta dimostrarono soddisfacente per entrambi.

Rivestito, si precipitò in strada dove l'autista lo attendeva. «Non ha proprio altri vestiti con sé: che faccio? - si chiedeva, senza troppa apprensione il sottosegretario mentre si dirigeva in ufficio – Chissà quali sono le regole quando si 'ospita' una donna? Dovrò comprargliene?»

In realtà, proprio in quei minuti un furgoncino stava scaricando due bauli, una cappelliera e tre valige da aereo che l'ex-amico della giovane aveva provveduto a recapitarle, senza dimenticare una lussuosa 'imbottitura' che avrebbe consentito a Roberta di non preoccuparsi per il proprio futuro immediato; poi sarebbe toccato a qualcun altro ringraziarla per la sua disponibilità.

La Befana

Sidoli stava per cestinare, arrabbiato come era sempre in quel periodo, la busta rettangolare, un po' pesante, con un'allegra Befana incollata nell'angolo superiore sinistro, quasi fosse la mittente.

Mentre stava per strappare la busta si arrestò, insospettito proprio dal peso, e aprì cautamente il plico, che conteneva solo un biglietto del treno di andata e ritorno per Roma, fissato per la domenica successiva, e un indirizzo di un albergo, all'EUR, con il numero di una camera, la 721.

L'assenza di qualsiasi altra indicazione sul mittente incuriosì, più che insospettire, Sidoli, il quale rifletté che si trattava di qualcuno che lo conosceva bene, talmente bene da sapere che era ritornato nella vecchia abitazione. Certamente qualcuno del mondo politico, o del vecchio giro di amici.

Incerto pensò che, se si fosse trattato di una trappola era troppo elaborata; al peggio avrebbe fatto un giretto a Roma, gratis come ai bei tempi, e avrebbe magari scroccato un pranzo. Quanto a impegnarsi, beh, si sarebbe visto di chi si trattava.

Arrivato a Termini, prese la metropolitana che lo condusse verso l'EUR, ma ancora lontano dall'albergo: reso prudente, si era guardato ripetutamente attorno per verificare che nessuno lo seguisse ed era sceso diverse fermate prima di quella giusta, salendo poi di corsa su un autobus dell'ATAC.

Tranquillizzato (pareva che proprio nessuno si interessasse a lui) entrò nella hall, consegnò i documenti e ottenne la chiave della camera 721; fu immediatamente condotto in camera da un fattorino, che rimase palesemente deluso per la totale assenza di mancia.

Non si azzardò a chiedere alcunché alla reception e rimase in attesa, dando l'assalto al mini bar.

Dopo un'ora, nella quale le scorte di liquori del bar furono severamente intaccate, fu bussato discretamente alla porta ed entrò una vecchia conoscenza.

«Ti trovo smagrito – disse l'onorevole Giani al vecchio amico – ma ti eri troppo appesantito negli ultimi anni».

«Colpa di tutto quel lavoro sedentario: sempre in aula o in commissione; e poi le cene di lavoro e i trasferimenti in macchina: avevo dimenticato cosa vuol dire farsi una bella passeggiata. Devo dire che, nonostante il male subìto, almeno la salute ne ha giovato.

Temevo che i miei vecchi amici mi avessero dimenticato, invece...».

«No, stai tranquillo, nessuno ti ha dimenticato, e sappiamo benissimo che ti sei dovuto sacrificare. Però sei stato un po' irrequieto con quel tuo andare dall'onorevole ... a sondare se nel suo partito c'era qualche spazio, e anche in consiglio regionale, e proprio dalla concorrenza poi!»

Sidoli era rimasto allibito e si rendeva conto che i riflessi erano un po' appannati sia dall'alcol sia dall'aver perso l'abitudine al dibattito politico. Quindi l'avevano controllato e questo era un segnale positivo. O almeno doveva volgere a suo vantaggio tutto quell'interesse.

«Sai che non so stare fermo troppo a lungo. E il lavoro che faccio è francamente noioso».

«Sappiamo tutto, stai tranquillo. E crediamo che tu possa essere ancora molto utile: per iniziare, il Ministro ha deciso di darti una consulenza, nulla di speciale, ma giusto un incarico da quattromila euro al mese, più qualche altro vantaggio collaterale. Questo ti porterà sovente all'estero: avrai diritto all'aspettativa remunerata per tutta la durata dell'incarico. Da te ci attendiamo una collaborazione valida, come avveniva prima dell'incidente. Poi contiamo su di te, che ormai non sei più controllato (te lo possiamo garantire) per stringere i rapporti con qualche contatto che avevi e avviarne di nuovi. Infine dovremo organizzare una serie di operazioni perché è intollerabile che esistano tanti vincoli al nostro operato.

Per iniziare definiamo la situazione odierna: alla partenza pagherai in contanti la camera e il pranzo, che mi sono già permesso di ordinare e che consumeremo qui. Quando salirà il cameriere con il pranzo, tu comportati come se avessi un'ospite: un po' imbarazzato, un po' ammiccante col cameriere cui è opportuno dare una buona mancia. Questi soldi sono per la mancia, il resto per il conto spese. Se qualcosa ti avanzasse, considerali un piccolo rimborso per il tempo che stai dedicandoci».

Il sottosegretario proseguì assicurando che anch'egli aveva una camera, in un differente piano dell'albergo, non fissata a proprio nome, ma a quello di un amico, la quale sarebbe stata pagata in contanti, e che, da parte sua, si sarebbe eclissato al termine della conversazione. Lui, Sidoli, sarebbe rimasto ancora un'ora, non oltre. Quindi sarebbe dovuto rientrare nel centro di Roma, fare un giretto in Via del Corso dove avrebbe acquistato un regalino per la moglie (è sempre meglio non mettere in sospetto le donne, e anche la domenica qualche negozio è sempre aperto), per rientrare quindi a Milano.

«Non credo che tu mi abbia fatto venire solo per il piacere, che apprezzo, di una rimpatriata – disse Sidoli, reso attento sia dalla notizia dell'incarico ministeriale, sia dai soldi che non venivano risparmiati - dimmi cosa c'è da fare».

«Innanzitutto andrai all'estero, dove dovrai procurarti del materiale interessante: dal momento della scomparsa dei nostri amici non ho più ricevuto nulla di interessante e il Ministro comincia a scalpitare.

Ma questo è l'aspetto secondario: principale è il fatto che dovremo organizzare una serie di attività, a ogni livello».

«Sono pronto a tutto, per di non rientrare in quell'ufficio – ribatté Sidoli che cominciava a veder svanire le ore passate ad ascoltare vecchiette irritanti – a tutto, ripeto».

«Bravo, è ciò che volevo sentirti dire».

Giani, in realtà, aveva studiato attentamente il carattere

del socio, lasciandolo al suo antico lavoro un tempo sufficiente perché potesse accogliere qualsiasi proposta che lo tirasse fuori dal luogo nel quale 'espiava i peccati', ma richiamandolo prima che si avventurasse in altre direzioni. Sidoli conosceva alcuni personaggi all'estero, attraverso i quali avrebbe ottenuto dell'ottimo materiale, ma avanzò un'immediata obiezione: «Non posso rischiare di farmi trovare alla dogana la borsa, piena di materiale che la Guardia di Finanza non mi lascerebbe certo passare».

«È tutto risolto: quando avrai materiale adeguato, entrerà in Italia con la valigia diplomatica (un Ministro serve bene a qualcosa). Tu però bada che i contenuti siano ottimi».

«Bene bene - riprese Sidoli sfregandosi le mani – sono proprio contento di ritornare in pista. Questo è uno dei punti di cui mi parlavi, e gli altri? »

«Noi, e mi riferisco non solo all'amico Ministro, ma anche a numerose altre persone più altolocate che, come noi, condividono i concetti più sani e più puri sull'amore per i bambini, crediamo che sia tempo per un'azione complessa. A livello legislativo bisognerà riconsiderare cosa si può fare, come ad esempio stringere i cordoni della borsa ai magistrati troppo invadenti; ma a questo tu non devi pensare, per ora. La prima cosa da fare è organizzare un incontro, nel massimo riserbo, con le dieci – dodici persone realmente utili per ... diciamo sensibilizzare l'opinione pubblica. So che tu mantenevi molti contatti: qualche nome te lo potrò aggiungere io, ma esigo che tutto sia gestito con intelligenza e finezza e che nessun altro ne venga a conoscenza. Poi, io non dovrò apparire.

Questo incontro servirà anche per dotarci di una base finanziaria, sui cui tu potrai contare – gli occhietti di Sidoli scintillarono per un attimo – con discrezione e prudenza per raggiungere alcuni obiettivi.

Il principale, quello per il quale bisognerà mantenere il massimo segreto, è una severa lezione al Bucciantini. Ho un progetto, te ne parlerò in seguito, che va analizzato.

Vorrei colpire insieme a lui anche quella carogna di medico che ha fatto sparire i nostri amici (anche se ci ha fatto un favore, in fondo) facendo però cadere i sospetti su qualcuno che ci sia ostile: con un solo atto cerchiamo di ottenere il massimo dei risultati.

Poi bisogna coltivare i rapporti con i giornalisti a noi fedeli. L'unica cosa che devi evitare accuratamente è quella di farti vedere alla Camera dei deputati o al Senato: troppi occhi curiosi.

Invece, sarà utile che tu ritorni a bazzicare il consiglio regionale e parlare con quell'Antonio Tarozzi, il nostro consigliere, ex amico dalla Gina Ragazzi».

«Ex? Mi cogli di sorpresa, ma forse è perché sono fuori del giro» sbottò Sidoli.

«Già, la Gina ha cambiato qualcosa: si è avvicinata alla nostra corrente, ma ha scaricato l'amichetto e ora dà prova di virtù integerrima. Non poteva entrare in Curia quando tutti sapevano che aveva un amante; i preti le servono, credimi, più di Antonio. Quindi ha cambiato vestiti (il più audace lascia libero il collo e intravedere le caviglie) e si limita a trascorrere qualche serata nel massimo segreto con qualcuno che non ho ancora identificato. Santa Rosalia sembrerebbe quasi ninfomane, rispetto a questo modello di virtù – rise Giani – ma, finché sta nella nostra corrente, non possiamo che sostenerla. Chi mi preoccupa invece è proprio l'Antonio: voci di corridoio lo dicono in fuga, verso la corrente a noi ostile, quella del Primo Ministro, e questo è peggio che se cambiasse partito. Visto che non sa cos'è la riconoscenza, dovremo punirlo esemplarmente.

Tu comincia a sondarlo, proprio partendo dal tuo scontento per essere stato emarginato, e riferiscimi cosa ne salta fuori».

«Sarà un vero piacere – interloquì Sidoli – perché il Tarozzi è sempre stato odioso con me, sprezzante, superiore: lui, consigliere regionale, non si mischiava con un banale consigliere comunale. Bene, sarà un vero piacere fotterlo, ma lo voglio fare a fuoco lento».

«Perfetto – concluse Giani – ora dammi i tempi per il progetto principale, dimmi cosa ti serve ed elaborami una proposta, poi ci rivedremo, sempre con questo sistema, per verificare tutto. E non temere di sembrare un po' melodrammatico: tra gli amici c'è gente dello spettacolo, che apprezza anche le tinte forti...».

Il rientro verso Milano fu ben diverso dall'andata: Sidoli era riuscito a tenersi un buon gruzzolo, dopo aver contrattato sulla camera e sul pranzo, e si sentiva bene, come mai gli era successo. Tanto bene che non si avvide nemmeno che le sue carte, nascoste dentro un cassetto in camera da letto, erano un po' in disordine, perché la moglie, scottata già una volta dalle intemperanze del marito, ora l'aveva posto sotto stretto controllo e aveva scoperto cose impensabili: conti esteri (apparentemente bloccati), indirizzi maschili e femminili scritti con un codice semplicissimo e ben decifrabile (bastava aggiungere una lettera o un numero al primo gruppo, per rendere leggibile ogni parola) Santa Rita lavorava nell'ombra e, se non poteva migliorare fisicamente la povera signora Sidoli, almeno la stava rendendo molto più astuta.

Nei giorni seguenti l'impiegato dell'ASL fu occupatissimo a telefonare, da telefoni pubblici e con schede sempre diverse, a vecchi amici, iniziando dal suo più antico compare, un industriale che lo aveva sempre aiutato, soprattutto quando si trattava di bambini. Per tramite suo riuscì a ottenere un luogo di riunioni ottimale, in una vecchia casa gentilizia di Cremona, dove far affluire gli ospiti. Quindi compose un numero 003391... e iniziò a studiare il bersaglio.

I coccodrilli

Il seminterrato era poco illuminato, giusto quanto bastava per intravedersi. L'ospite verificava attraverso un circuito televisivo interno ogni nuovo arrivato, cui veniva data una maschera, uguale per tutti: rappresentava l'immagine di Lupo Alberto.

Gli invitati, nove uomini e due donne, si disposero davanti a tavolini sui quali erano preparati un bloc–notes, una matita, un bicchiere d'acqua e una tazzina per il caffè, che fu immediatamente servito, oltre a una candela azzurra.

«Non intendo far durare questa riunione un minuto più di quanto sia necessario – disse l'anfitrione – e ho usato qualche precauzione, quale il farvi entrare in orari diversi, da differenti ingressi e tutti mascherati.

La candela azzurra, spero che l'apprezziate, è per la nostra festa: credo che questa riunione sia il modo migliore per celebrare la giornata mondiale dell'amore verso i bambini, da poco passata. Alcuni tra voi già si conoscono, altri no, e per questo ho deciso di assumere talune precauzioni che forse parranno eccessiva, ma sono solo prudenziali: chiedo che esse siano rispettate rigorosamente, così come l'ora di partenza. Ognuno ha sul tavolo un orario: vi prego di avvisare il vostro autista, se c'è, di venirvi a prendere esattamente all'ora indicata, aspettandovi davanti alla stessa porta in cui vi ha lasciati. Per rassicurare tutti: questa casa ha numerose entrate e forse qualcuno ora comprende il motivo per cui è stato fatto accomodare attraverso le porte della servitù: non me ne scuso, anche se ho visto cenni di disappunto, ma la segretezza deve essere assoluta.

Allo scopo di semplificare la riunione vi anticipo il tema e vi prego di intervenire con la massima libertà: qui evitiamo nick-names, che possono essere sempre riconosciuti, ed utilizziamo i numeri per identificarci. Per quanto riguarda me, sono e sarò solo il numero uno.

Ognuno di voi ha ricevuto l'invito perché so che ha una passione ... molto speciale, come tutti gli altri presenti, e che può essere definito un leader nel suo settore di lavoro. Se qualcuno si sente a disagio o non è d'accordo, deve uscire ora. Chi rimane sappia che le decisioni sono e saranno condivise, di qualsiasi decisione si tratti. Chi desidera uscire adesso non sarà più contattato e l'anonimato sarà garantito».

Nessuno si alzò, ma il numero dodici, una donna la cui voce risuonò ben nota agli altri (era un personaggio televisivo i cui cachet erano altissimi) chiese «Apprezzo queste cautele: mi pare di capire che ognuno di noi rappresenti, oltre se stesso, anche un gruppo. Chiedo che tutti noi ci si dichiari responsabili verso questa riunione, sia in proprio che a nome del proprio gruppo».

«Un momento – interloquì una notissima voce di un politico, il numero undici – noi siamo stati invitati qui, ma che sia ben chiaro che nessuno ha espresso, né esprimerà, il motivo della riunione. Quanto a dichiararci responsabili: ognuno di noi è, mi pare di capirlo, un personaggio pubblico, o con valenze sociali. Credo che nessuno oserebbe restare se non vuole o non sa assumersi le responsabilità, ma nemmeno che qualcuno abbia voglia di andare avanti se non sappiamo dove vogliamo arrivare».

Il numero uno riprese: «devo scusarmi con alcuni di voi: chi mi ha già incontrato in circostanze analoghe – alcuni volti si abbassarono in cenno di assenso – sa che ho sempre utilizzato una sede a Milano, in Via degli Omenoni. Ora ho motivo di credere che la casa non sia più 'pulita', perché uno dei responsabili dei fatti di giugno – aggiunse digrignando i denti mentre tutti annuirono – ha accennato agli omenoni mentre lo inseguivano i nostri amici, opportunamente defunti, ma pur sempre dei fratelli. Per questo motivo ho chiesto ospitalità in questa città, utilizzando degli spazi ottenuti grazie al numero due, che sa di essersi esposto a un rischio notevole: sono convinto che ognuno di voi ha rispettato le cautele che ho suggerito, comunque la riunione sarà breve.

I motivi per il quale vi ho riuniti sono numerosi: seguendo l'esempio dei nostri confratelli di Bergamo, riteniamo doveroso che sia istituito un fondo comune sia per la difesa giudiziaria dei nostri amici, eventualmente incappati nelle maglie della cosiddetta giustizia, sia per programmare iniziative difensive contro una società che, ingiustamente, ci sopporta sempre meno.

Sul libretto che avete davanti troverete un numero di conto corrente, con le coordinate bancarie: è intestato a un anziano pensionato, che in gioventù ha sofferto come noi, forse di più, e ora si presta a essere il responsabile del conto. Sa di assumersi un rischio, sa anche che gliene saremo grati e che integreremo dignitosamente la sua miserabile pensione. Del suo operato ne rispondo personalmente: qualcuno ha dei dubbi?»

Nessuno rispose, quindi riprese a parlare: «Bene, vedo che concordate: vi invito a effettuare generosi versamenti e ad attivarvi verso i rispettivi amici affinché anch'essi contribuiscano adeguatamente.

Questo ci servirà per alcune iniziative: alcuni di noi si erano mossi contro quel frate che ha sollevato un gran polverone. Purtroppo abbiamo dovuto fermarci perché l'insolente ha stilato un elenco di tutti coloro che ha riconosciuto come appartenenti al nostro gruppo. Diversi di noi sono su quel foglio, insieme ad altri politici, industriali e uomini dello spettacolo e della cultura. Purtroppo il notaio che custodisce le carte è incorruttibile e anzi ha ulteriormente depositato un'altra copia dell'elenco in un'altra sede, a me sconosciuta.

Credo che non ci resti, per ora, che sperare che la salute del fraticello rimanga salda e che non gli capitino incidenti, altrimenti ...».

Il numero nove, un uomo con larghe spalle, la cui voce

tremava un poco, chiese: «Tu sai chi c'è su quell'elenco? Nel mio mondo dello sport siamo pochi, ma conosco almeno due o tre colleghi con le nostre idee e le nostre tendenze. La mia carriera finisce se si sa...».

«Invito tutti alla calma – riprese il numero uno: il frate sa che non può spingersi oltre. Se lui è al sicuro, i suoi accoliti lo sono molto meno. Diciamo che abbiamo trovato un equilibrio: lui si diverte con i suoi giochini, noi gli diamo in pasto, ogni tanto, qualcuno di marginale, e così rispetta il nucleo centrale.

Piuttosto, l'altro problema che sta diventando grave è l'aspetto giudiziario e chiedo al numero quattro una chiarificazione in proposito».

Gli occhiali luccicavano dietro le occhiaie vuote del Lupo Alberto che sedeva al numero quattro, ma la voce era decisa e tagliente: «È impossibile controllare tutto e tutti. In alcune regioni certi magistrati troppo irruenti sono stati bloccati, generalmente con le buone. Devo dire che alcune promozioni, certe chiamate al ministero, taluni trasferimenti, sono riusciti a indirizzare i loro ardori verso altri temi. Purtroppo, in alcune regioni si è mescolato un aspetto, il satanismo, con la nostra passione – a questa frase il numero tre trasalì: la sua città era ben nota per la presenza di sette sataniche ed egli era riuscito anche a infiltrare alcuni dei più fidati membri di sette dentro le principali associazioni di volontariato che lottavano (o avrebbero voluto farlo) contro la pedofilia – e questo ci complica la vita. Alcuni reati comuni, commessi da satanisti o da esaltati che si emozionano a compiere atti sessuali sulle tombe, hanno fatto emergere anche un collegamento con i nostri puri gesti. Vi chiedo di isolare, quando possibile, le sette sataniche da noi. Per quanto concerne i magistrati: qualcuno non è controllabile ed è pericoloso (mi riferisco a Milano, dove nemmeno il capo del pool, che pure è stato molto sensibilizzato e ha già svolto un ottimo lavoro, riesce a frenare quel Bucciantini). In altre sedi vi sono dei giovani magistrati che lavorano su questa tematica, ma non colpiscono noi e si limitano a certi sciagurati, che sono utilissimi come paravento. In altre ancora riusciamo a distogliere qualcuno dei pubblici ministeri, indirizzandoli su indagini più 'polpose', quelle per le quali vanno sui giornali. Direi che il problema principale è quel Bucciantini: forse una lezione a lui servirebbe anche per raffreddare molti ardenti spiriti».

Il numero uno riprese: «Mi sembra evidente e chiaro a tutti, che il suggerimento del numero quattro vada preso in considerazione: per esso chiedo carta bianca e piena disponibilità economica. Ciò che non sapete non potrà ricadere sulle vostre spalle».

Il numero quattro accennò a replicare, mosso dalle sue conoscenze professionali, ma si limitò a borbottare: «Sia ben chiaro che noi tutti esigiamo che nulla di antigiuridico venga effettuato, ma che ci affidiamo a lei affinché intraprenda tutte le strade lecite per sistemare la nostra posizione culturale».

«Certamente – ribatté il numero uno con un sogghigno, occultato dalla maschera – nessuno pensa nemmeno lontanamente ad atti sconvenienti o illegali, ma sarà necessaria un'azione coordinata ad ogni livello. Per prima cosa dovremo agire sul piano legislativo, per rendere più difficili le indagini, o anche per limitare le velleità dei PM troppo decisionisti. Spiace a tutti che quella brillante legge, proposta così acutamente in apparente difesa dei minori in ogni procedimento giudiziario, ma che avrebbe bloccato o invalidato ogni indagine per lustri, sia stata bloccata. Dovremo ripartire da lì, aggiungendo maggiori vincoli, anche economici, alle possibilità investigative delle Procure.

Per questo conto sull'attività dei nostri parlamentari».

Alcune teste si mossero in segno di assenso, ma una tra esse, il numero sette, disse: «Sta bene: mi sembra corretto il modo con cui il numero uno ha organizzato questa riunione e vedo che siamo rappresentati democraticamente tutti, destra, sinistra e centro (la maschera modifica un po' la voce, ma non posso fare a meno di riconoscere alcuni colleghi). Ma è chiaro che nessuna nostra azione ha la minima speranza di successo se non vengono sensibilizzati i media».

«È indiscutibile – riprese il numero uno – questo sarà uno dei punti più delicati, perché senza adeguati controlli corriamo rischi tremendi: i nostri amici giornalisti sanno che il loro intervento è determinante».

Anche qui due teste annuirono e una di esse, il numero dieci, intervenne: «Contate su noi. Del resto mi sembra che siamo stati sempre molto efficaci: concediamo il diritto di cronaca, magari la prima pagina se qualche bambino muore, ma curiamo che la notizia precipiti nelle pagine interne e scompaia completamente entro pochissimi giorni. Piuttosto, la mia preoccupazione è rappresentata dalle associazioni di volontariato, che riescono a trovare spazi anche sulle mie pagine senza che ne sappia nulla».

Il numero cinque, una donna magra e alta, aggiunse: «i nostri giornalisti sanno cosa fare. Grazie ai contratti che sono obbligati a firmare ci devono obbedienza assoluta. Restano solo poche teste calde che ci sfuggono ancora, ma è addirittura un bene che esista qualche voce dissonante. Purché resti flebile».

Il numero sei, uno tra i politici, decise di intervenire: «Non preoccupiamoci più del dovuto: in alcune abbiamo introdotto dei nostri amici. Sappiamo che una delle associazioni più note che dovrebbero combattere la pedofilia è stata addirittura fondata da uno di noi, il numero otto, mi pare di capire. Per le altre: con generose offerte essi sono riusciti ad arrivare nei loro direttivi, o addirittura al vertice, e da lì controllano che le energie si isteriliscano, o che l'azione dei volontari si riduca ad azioni meramente di superficie. Per altre è stato più facile: abbiamo concesso generosi finanziamenti pubblici, fino a renderle dipendenti dal nostro controllo o abbiamo consentito che il narcisismo dei loro presidenti si soddisfi partecipando a trasmissioni televisive. E nulla più. Certamente rimangono delle schegge impazzite, alcuni soggetti autonomi che sfuggono a ogni vincolo, ma per queste curiamo che non riescano ad accedere ai finanziamenti pubblici, o che essi siano poco più che un'elemosina.

No, cari amici, io concordo che la vera preoccupazione è costituita da certi individui, come quel Bucciantini. Non dimentichiamoci quanto si diceva nel '68 'colpire uno per educare mille'. E nemmeno dimentichiamoci le sagge parole del presidente Mao: non mi importa che il gatto sia grigio o bianco, basta che mangi i topi. Propongo quindi una mozione – la sua lunga esperienza parlamentare emergeva con forza – cioè di affidare al numero uno e alla sua saggezza ogni intervento, confidando sul conto corrente che sarà generosamente rimpolpato. Non scordiamoci di effettuare solo versamenti in contanti o dai nostri conti esteri, e con le dovute cautele».

«Prima di chiudere la sessione odierna prego il numero otto di fare il suo intervento, che sarà sicuramente apprezzato».

«Cari colleghi – esordì una voce ben conosciuta da innumerevoli interviste televisive – ciò che lamento fra noi è la carenza nei collegamenti: solo oggi, ne do merito al numero uno, abbiamo iniziato il lavoro principale, quello di svolgere un'azione coordinata.

Primo obiettivo è un'incisiva operazione culturale: sto facendo uno sforzo enorme per differenziare l'obbrobrio della violenza sessuale sui minori dalla nostra delicata azione che mira a far sbocciare molto precocemente la loro sessualità (è marginale che anche per noi questo costituisca un piacere). Per noi l'uso della violenza è un orrore, o almeno è l'ultima spiaggia.

Purtroppo, per ottenere il risultato, in questa società grigia e retrograda, servono soldi, molti soldi. I nostri politici, ma anche gli industriali, ce li possono dare, anzi, ce li devono dare, pena il fallimento: la mia associazione è in prima fila per diffondere le idee giuste ma ha bisogno di contributi».

Conclusa la frase, si rilassò sulla sedia e attese le reazioni, che non mancarono.

«Il numero otto – interloquì il numero uno - ha perfettamente ragione: ma sappiate che oltre a noi (vorrei dire, "sotto noi"), esiste un altro gruppo, ben più vasto, composto dalle persone che sul territorio contano sia sotto il profilo economico, sia sotto quello culturale.

Nella prossima riunione sarete posti al corrente dei dettagli, ma posso garantire che la copertura economica è sicura.

Se nessuno obietta – riprese il numero uno dopo una lunga pausa – propongo che la riunione vada considerata conclusa e che ognuno esca, nell'ordine indicato».

Uscito l'ultimo ospite, il numero uno e il numero due controllarono sui monitor che tutti si fossero allontanati, quindi entrarono nella stanza retrostante la sala di riunione, dove trovarono il terzo organizzatore, il numero zero, che aveva seguito l'incontro grazie a una minicamera ben mimetizzata. Si tolsero le maschere (tra loro si conoscevano benissimo) e si sedettero versandosi un buon cognac da una bottiglia panciuta e polverosa, in alcuni bicchieri sapientemente riscaldati.

«Ora cominciamo la vera riunione». Disse il numero zero.

Il ciclista

Fin da quando era semplice uditore giudiziario, il dottor Bucciantini non aveva mai smesso di recarsi al lavoro in bicicletta. Una bella pedalata era quanto ci voleva per metterlo in forma, anche se l'aria di Milano era ben diversa da quella dolce e mite della natia Arezzo. Aveva perso gran parte dei capelli biondi, con cui da ragazzino infrangeva i cuori delle ragazze toscane (e anche di qualche tedeschina che si arrampicava per le strade della città in cerca di emozioni, sia storiche che ben più concrete), ma aveva conservato un fisico asciutto e scattante.

Da giovane aveva praticato la pallavolo, quindi aveva giocato a tennis senza mai eccellere a livello agonistico, poi si era innamorato del diritto e aveva deciso di diventare giudice, ma aveva continuato a praticare attività fisica.

Dopo il concorso per l'ammissione alla magistratura, era stato assegnato a Milano e si era trovato inizialmente intimidito davanti all'imponenza del Palazzo di Giustizia, ma aveva cominciato a lavorare senza tregua e aveva accettato, ancora giovanissimo, di entrare nel pool anti violenza: non si sarebbe mai aspettato di imbattersi negli orrori che riserva la violazione dell'articolo 609 bis del codice penale.

Sempre scapolo, si concedeva brevi evasioni sentimentali, senza impegnarsi.

La sua costanza sul lavoro era diventata famosa e non era raro vederlo in ufficio già alle prime luci dell'alba, il sabato e anche la domenica. Per l'identico motivo non era esattamente adorato dai suoi collaboratori, cui richiedeva analogo impegno, ma era profondamente rispettato.

La conclusione dell'inchiesta sui 'coccodrilli' gli era rimasta insoddisfacente: sentiva che la morte dei due medici aveva precluso alcuni spunti di indagine, ma sentiva ancor più opprimente il divieto, giunto dal capo del pool in persona, il dottor Sorrentino, di svolgere indagini su alcuni personaggi pubblici, gravemente indiziati di essere pedofili e, forse, gli istigatori dei due sanitari scomparsi nel lago.

In realtà, nonostante il divieto del capo, il giovane magistrato non aveva smesso di far svolgere caute indagini, con pretesti vaghi, su Giani e sul Ministro, ed era riuscito anche a infiltrare un suo uomo nella scorta personale del politico. Da quest'ultimo era riuscito a conoscere qualcosa di interessante: si confermava lo stretto legame tra i due ed era riuscito a cogliere qualche voce su 'qualcosa' che sarebbe avvenuto durante un viaggio all'estero, in America Latina, quasi certamente in Honduras. Il suo uomo, purtroppo, non faceva parte ancora del ristretto numero di guardie del corpo del Ministro che avevano il compito di scortarlo, ma aveva saputo di un giorno di panico nell'albergo, quando Giani era stato visto indaffaratissimo a parlare con il capo della polizia locale, Juan Carlos Gomez, col direttore dell'albergo, con alcuni altri personaggi che erano entrati e usciti dagli ingressi di servizio, ma era riuscito solo a immaginare cosa potesse essere accaduto. Si era così ripromesso di fare un viaggetto (ufficialmente di piacere) nella stessa località, per cercare di raccogliere qualche informazione, ma i suoi impegni di lavoro glielo avevano impedito.

Verso il giovane medico, Sergio Mandelli, si era sentito riconoscente per la serietà e il coraggio dimostrato e si era ripromesso di vederlo e ringraziarlo.

Quel sabato mattina aveva così telefonato a casa, avendo la sorpresa di parlare con Elisa che si era presentata come la fidanzata del medico: buon segno, pensò.

Ottenuto al telefono Sergio, lo invitò a fare un salto nell'ufficio, che ormai conosceva bene, al quarto piano del palazzo.

Il colloquio fu affabile (erano quasi coetanei): il magistrato invitò Mandelli a collaborare col suo ufficio in possibili procedimenti futuri, quando fosse servita una serena competenza medica priva da possibili influenze. Aveva visto troppe volte certi medici legali esprimere pareri francamente dissonanti rispetto alle evidenze processuali e aveva subodorato, talora, delle pressioni esercitate su alcuni per moderare il giudizio nei casi di presunta responsabilità professionale e nei procedimenti per violenza sui minori.

Il magistrato aveva necessità di uno spirito libero, di una persona che non fosse ricattabile sotto forma di minacce alla carriera, o peggio.

«Caro Sergio, mi consenta di chiamarla per nome -ma diamoci pure del tu e chiamami pure Mario - non ero ancora riuscito a esprimerti la mia riconoscenza per quanto hai fatto. Ma dimmi, dove hai imparato a guidare così bene?»

«Dottor Bucciantini, anzi, scusi, scusa, Mario. Non è facile parlare confidenzialmente a un magistrato. Si legge sui giornali che siete persone con poteri terribili, che potete svolgere indagini e rivoltare una persona fino a conoscerne tutto, e finora non ero mai giunto a contatto con la giustizia, tranne i miei lontani studi di medicina legale. Di essi mi è solo rimasto un amico, che lavora ancora in università e del quale leggo ogni tanto il nome quale perito in alcuni processi. Per quanto riguarda le macchine, era una passione fin da bambino e ho frequentato un corso di guida sportiva, appena laureato».

«Non devi temere nulla da noi, se non commetti reati, credimi – riprese il magistrato - poi anche la nostra vita non è così semplice. Abbiamo continui controlli, vincoli di spesa, verifiche dal nostro superiore, per non parlare delle ispezioni ministeriali. Per fortuna – aggiunse sorridendo – queste vengono soprattutto se svolgiamo indagini su reati economici che coinvolgono esponenti politici, mentre la pedofilia, il nostro ambito di lavoro, ufficialmente non tocca nessun uomo politico».

«Mi sembra un po' strano – si intromise Sergio – perché leggo sui giornali che sono implicati insegnanti, bidelli, baby-sitter, ma anche avvocati, ahimè medici e perfino sacerdoti: non credevo che i politici venissero selezionati fra le persone con la coscienza immacolata».

«Credo che i criteri di selezione siano alquanto differenti da quanto dici ma ho più di qualche sospetto che intervengano "decisioni superiori" per eliminare ogni traccia, ogni ombra sui personaggi politici».

«Ecco spiegato il lavoro di un mio amico: è un informatico di primissimo livello - riprese Sergio - ed è stato convocato da qualcuno a Roma (carabinieri o polizia non l'ha detto) per "ripulire" il PC di un notissimo uomo politico, un ex ministro, pare, che rigurgitava di immagini pedopornografiche. Si è lasciato scappare qualche mezza parola una sera, ma si è chiuso come un'ostrica quando gli altri amici avevano chiesto informazioni e dettagli. Ed era seccatissimo per essersi fatto sfuggire anche quella mezza frase».

L'atmosfera, in tribunale, era quel giorno molto rilassata ed era presente solo la bionda segretaria più giovane (secondo alcuni era stata molto più che amica e segretaria per alcuni week-end), mentre Antonelli, un anziano e fidatissimo vigile urbano "comandato" da lustri a lavorare con i magistrati, era stato ben lieto di passare tutto un sabato con la moglie.

Sergio era, finalmente, sereno, forse per la prima volta da quando si era trovato a frequentare il palazzo di Giustizia, e Mario si era tolto la giacca e aveva messo i piedi sulla scrivania, dopo aver laboriosamente spostato alcuni faldoni.

«Sto facendo persino pedinare la nuova amante del sottosegretario, ma mi sembra una strada inconsistente; poi è davvero bella e solo da poco tempo vive a casa dell'uomo».

«Non credo che la bellezza sia sempre un freno al delin-

quere –rispose Sergio– oppure credi anche tu che le "Bian-canevi" debbano essere sempre belle e quindi buone?».
«No, no: a te è andata bene, ma diffido sempre di una donna troppo bella. A proposito: mi farebbe piacere invitare te ed Elisa a pranzo e pensavo di andare fuori Milano: conosco un ristorantino molto semplice. Per l'esattezza non è nemmeno un ristorante, ma un agriturismo o giù di lì. Si chiama il Torrettone ed è quasi al confine con la provincia di Bergamo, verso Rivolta d'Adda. La cucina è semplice: di solito la signora Anna prepara del pesce pescato nel loro laghetto, con dei formaggi profumatissimi e un vinello di san Colombano che è molto gradevole, pur senza essere un vino di alto livello: niente a che vedere col mio vino toscano! Sarei lieto se venisse anche la tua fidanzata e dovete ritenervi miei ospiti. Ho parlato per telefono con Elisa, che mi ha comunicato appunto del vostro fidanzamento: complimenti!».
«In realtà – rise Sergio – lo sappiamo quasi solo noi due, e tu adesso. Ma Elisa mi ha detto subito che non ama le convivenze troppo lunghe. Anzi, non amerebbe nemmeno la convivenza, ma le piace troppo stare con me. Ci siamo quindi fidanzati, una sera, dalla Pina, quel ristorantino a Brera. Anzi, se permetti ti racconto di quella serata».
Sergio ripensò a quella sera di poche settimane prima, quando aveva deciso di invitare a cena Elisa, che vedeva da tanti giorni col viso un po' triste, lei che aveva sempre quegli occhi da cerbiatta sorridenti. Il suo sorriso, prima sempre spontaneo, era un po' forzato e parlava quasi con fatica e lui l'aveva colta mentre lo osservava di nascosto, con la fronte aggrottata.
Davanti a un piatto di ravioli, che avrebbe entusiasmato lo stesso Balanzone, si era deciso a chiederle il motivo di quell'evidente cambio d'umore.
«Caro – rispose Elisa stringendogli la mano sul tavolo – non ricordo di essere mai stata meglio in vita mia come dal giorno in cui ti ho conosciuto e sono felice di tutto

quello che stiamo facendo e vivendo insieme. Ti ho già detto che mi sento donna, come mai prima. Ma c'è una cosa».

Vedendola scoppiare in lacrime Sergio si allarmò: «Cos'è successo, c'è qualcun altro? »

«No, sciocco e geloso che non sei altro, non c'è e non potrà mai esserci nessun altro – Elisa cercava di smettere di piangere, vedendosi anche osservata dai commensali vicini – ma vorrei un'altra cosa. Tu non me ne hai più parlato e ho paura che abbia cambiato idea».

«Se parli dei bambini – interruppe Sergio – guarda che anch'io desidero dei figli, se Dio vuole».

«Ecco, è appunto questo: per fare un bambino io vorrei che fossimo sposati. Lo so, ora per tutti è più facile convivere, è più di moda, ma non mi sentirò tutta tua finché non te lo avrò promesso. E finché non l'avremo fatto insieme anche davanti al Signore. Non sono bigotta, lo sai, e la Chiesa non mi vede certamente troppo spesso, ma ho riscoperto la fede poco prima di conoscerti e vorrei averti come marito in Chiesa».

Una triste esperienza in una scuola di suore le aveva fatto scoprire l'ipocrisia che può nascondersi dietro le false genuflessioni: ovvia conseguenza fu l'abbandono anche della fede, fatto di cui la madre quasi non si accorse, finché, proprio pochi mesi prima di conoscere Sergio, al termine della sua breve parentesi con Gippino, aveva incontrato un frate francescano, uomo semplice e di poche parole che le aveva fatto vedere Gesù Cristo non come un'icona lontana, ma come la fonte di semplici ma sicuri insegnamenti e del vero amore.

Pur senza essere diventata una baciapile, Elisa aveva cominciato, timidamente, a frequentare la Chiesa, restando in fondo, nell'ombra, nei periodi, sempre troppo lunghi, nei quali il suo nuovo uomo era trattenuto in ospedale.

D'un fiato Elisa raccontò tutto a Sergio il quale, di fronte al problema della fede si era mantenuto sempre cauto: la sua famiglia, di estrazione operaia, era tradizionalmente laica, ma l'aveva accompagnato ai sacramenti, finché, divenuto grandicello, aveva lasciato l'oratorio e la pratica religiosa.

«Ho capito – sorrise Sergio – ma dovevi dirmelo prima. Pina! Pina! Portaci una bottiglia di spumante, anzi, di champagne. Dobbiamo festeggiare».

«Cosa festeggiate, ragazzi?» disse la cuoca asciugandosi le mani nel grembiulone bianco.

«Proprio in questo momento ci stiamo fidanzando: champagne per tutti» disse Sergio, che non aveva mancato di osservare che nel ristorante erano rimasti pochi avventori, visto il costo delle bottiglie.

Sergio rimase stupito quando la Pina, con occhi un po' lucidi, aprì una bottiglia di Veuve Cliquot dicendo a gran voce: «Venite tutti qui a brindare: si fidanzano Elisa e Sergio. Offre la Pina!»

Ritornato al presente, Sergio –ancora emozionato- guardò Mario negli occhi: «Quindi abbiamo deciso di sposarci. Dovremo solo dirlo a sua madre e a mia sorella, ma questa è sempre in giro per il mondo. L'ultima cartolina mi è arrivata dal Giappone, la precedente dalla Corea. Ora sarà già in California, se la conosco bene».

«Bene, sono contento per voi e vi chiedo, se possibile, di considerarmi invitato al vostro matrimonio. Un invitato d'ufficio! Intanto fissiamo una data per noi: suggerisco di attendere l'arrivo della primavera, per godere del parco e del laghetto. Una domenica vi passo a prendere con la mia macchina, arriviamo al Torrettone in mezz'ora o poco più, e pranziamo verso l'una».

Intanto, avrei da chiederti un favore.

In Honduras

«Questa vacanza non era programmata: mi stai nascondendo qualcosa» disse Elisa mentre con Sergio si recava, trasportati da una vettura della Procura in aeroporto, alla Malpensa per imbarcarsi.

«La storia è semplice e posso parlartene solo qui, perché l'autista è un poliziotto che lavora col dottor Bucciantini: il magistrato sta raccogliendo indizi su alcuni personaggi che hanno fatto un viaggio in Honduras. Sembrerebbe che sia avvenuto qualcosa di sospetto durante il loro soggiorno. Indagini ufficiali non possono essere svolte, quindi mi ha pregato di vedere i luoghi, di fare qualche domandina e di scattare più fotografie possibile. In cambio mi ha fatto ottenere una settimana di congedo straordinario dall'ospedale».

Sergio spiegò, un po' succintamente, il frutto di un lavoro investigativo già in parte svolto dal giovane amico magistrato, che si era premurato di spianargli la strada e anche di fargli un breve corso sulle tecniche di interrogatorio.

Sergio era stato indirizzato a una nuova agenzia di viaggi dove era 'casualmente' disponibile un pacchetto per un certo albergo in Honduras: un viaggio per due a prezzi stracciati.

Dopo aver ricevuto informazioni su nomi e luoghi si era trovato ai Caraibi (o lì vicino) a concedere sei giorni di abbronzatura a Elisa.

Con qualche mancia in albergo riuscì ad entrare in contatto col poliziotto, quel Gomez che aveva aiutato Giani ad appianare i problemi, e con i due ragazzi che avevano provveduto a 'seppellire' il problema.

Privi di scrupolo, perché vale sempre il detto che la seconda mancia non cancella la prima, ma si sovrappone, i tre avevano confermato a mezza voce i dubbi di Bucciantini.

Sergio li interrogò cautamente: «Il mio capo, non ne faccio

il nome per sicurezza, ma credo che ve lo ricordiate bene, è ancora preoccupato per il 'problemino' che vi aveva affidato e vuole essere rassicurato che tutto si sia risolto senza problemi».

Anche se lo spagnolo di Sergio era proprio orribile, i biglietoni verdi deposti nella mani dei ragazzi li avevano largamente tranquillizzati e si erano vantati, dopo qualche buona libagione con dell'ottimo rum, che quel giorno si erano recati nella foresta (dietro l'albergo iniziava una selva quasi impenetrabile che si estendeva per chilometri, nella quale il puma era ancora il dominatore incontrastato) dove erano riusciti ad addentrarsi per diverse centinaia di metri prima di liberarsi del loro carico.

Conoscevano benissimo ogni sentiero, almeno negli immediati dintorni, e già il giorno successivo, quando erano ritornati a controllare, non era rimasta traccia del loro viaggio.

Anche il poliziotto Gomez fu cauto, molto cauto, ma non smentì nulla, visibilmente commosso dai dollari fatti balenare davanti agli occhi, e chiese a Sergio di salutare molto cordialmente i 'suoi superiori' che da parte sua attendeva di ritorno appena fosse stato loro possibile: «Quando torneranno mi devono solo avvisare in anticipo: io posso garantire che otterranno il miglior trattamento! *Hasta la vista y gracias por todo*».

Al ritorno Elisa, abbronzata e rilassata, si sentì molto più tranquilla, ma non chiese nulla a Sergio riguardo ai giorni nei quali l'aveva lasciata in spiaggia per 'incontrare qualcuno', benché lo vedesse soddisfatto.

Bucciantini non fu altrettanto contento: «Mi pare che non abbiamo riscontri utilizzabili, ma solo la certezza che Giani e il Ministro sono legati da un patto scellerato. Non sei riuscito a ottenere nessuna ammissione da parte di quella gente, che certamente non parlerà se la interrogassi con una rogatoria internazionale: non ho uno straccio di prova, nulla di nulla! Dovrò seguire un'altra strada».

Il magistrato decise di ricorrere all'uomo che aveva infiltrato nella scorta del Ministro.

Il giovane si era già conquistato la fiducia dell'uomo politico mostrando una disponibilità totale a seguirlo in qualsiasi orario, ma si rendeva conto benissimo che quanto gli veniva chiesto era estremamente delicato e difficile. Organizzò l'operazione il giorno successivo all'ultima 'spolverata' da parte dei servizi, volta a verificare che nessuno ponesse microfoni nel suo studio. Prese una trasmittente microscopica. che pose sotto il ripiano del tavolo del Ministro, e installò un registratore al piano superiore, in uno sgabuzzino che nessuno utilizzava: si sarebbe attivato ad ogni suono.

Quel giorno era atteso il deputato che veniva tenuto d'occhio e in effetti l'unica registrazione di un certo interesse fu quella col sottosegretario Giani, ma di difficile interpretazione:

«Caro Cesare – la voce del Ministro giungeva forte e chiara – sono lieto che ti sia già attivato con l'amico: mi è giunta, per via diplomatica, una bella raccolta di materiale. Dicci pure che sono molto soddisfatto».

«Non è necessario – anche la voce di Giani era sufficientemente chiara – perché il finanziamento che gli abbiamo fornito lo ha stimolato adeguatamente. Piuttosto, dovrò spingerlo ad agire in fretta, perché *Re Leone* sta diventando impaziente ed è lui che finanzia l'operazione».

«Non ne voglio sapere nulla: poi questa abitudine di usare ninnemi proprio non la capisco».

«È una necessità – riprese Giani – per tutelarci al massimo. Ognuno di noi ha un nick-name, anch'io ce l'ho: io sono *Tiziano* per tutti e il nostro capo supremo si chiama *Re Leone*, e persino tu ce l'hai, *La Tortue*, anche se non lo sapevi, ma dovrà essere sempre così finché non si capirà che ciò che facciamo è legittimo. Comunque l'operazione sta avviandosi, così mi ha detto *Pippo*, ma non temere, ne vedrai solo i risultati e, credimi, ne gioirai. Ad ogni buon conto sappi che stiamo tutti nella stessa barca».

«Spiegami cosa vuoi fare».

«Sei proprio sicuro che la stanza sia pulita? Ho sempre timori».

«Proprio oggi è passato il Roberto, quello dei servizi che mi fa questo lavoro, e ha trovato una cimice. Proprio del tipo che usa il mio capo».

«Mi dici che saresti spiato proprio dal presidente? »

«E chi altro vuoi che sia? Se non lo farebbe ne sarei sorpreso. Ma ho deciso di fotterlo: è uno diffidente e i primi di cui non si fida siamo proprio noi, i suoi ministri. Guarda, ne sono sicuro perché il Roberto è uno tra quelli incaricati dal capo di 'seminarli' e se non li conosce lui ... No, io mi fido anche perché, con quello che gli do in nero per questi lavoretti fuori orario, mi è fedele: allora, spiegami cosa vuoi fare».

«Per prima cosa vorrei sistemare quel medico, quello che guida tanto bene, poi penserò all'altro, ma prima devo capire che cosa ...».

La voce, dopo un rumore di sedie, si attenuò fino a rimanere un brusio indecifrabile; probabilmente i due si erano spostati e continuavano il loro dialogo a bassa voce.

Solo dopo mezz'ora le voci ricomparvero, ma erano solo dei saluti.

Il giorno successivo il poliziotto salì nello sgabuzzino, asportò il registratore e, sceso nello studio privato del Ministro, ne fece immediatamente sparire la piccola 'cimice'.

La minuscola cassetta fu affidata a un collega, Eros, che saliva a Milano per trovare la madre; aveva già un accordo col 'suo' magistrato per lasciare la cassetta nelle sue mani, ma al di fuori del Palazzo di Giustizia.

Sul SMS del sottosegretario comparve un messaggio inaspettato, una sola parola "omenoni."
Il vecchio codice lo fece sobbalzare. Non era possibile risalire al numero del mittente, ma solo una persona poteva mandargli un simile messaggio, su quel telefonino privatissimo.
Allontanò bruscamente Roberta, che stava dimostrando con impegno la sua gratitudine a Cesare per la possibilità di recitare nel serial che stava per essere girato: la parte non la entusiasmava (doveva recitare il ruolo di una prostituta d'alto bordo che sarebbe stata uccisa dopo due puntate) ma così si realizzava il suo sogno di diventare attrice.
In realtà, il deputato era soddisfattissimo per le capacità della ragazza, che gli sembrava (e lo era veramente) affezionata e che non poneva limite ai desideri dell'uomo, lamentandosi magari che lui prendesse così poche volte l'iniziativa; riusciva però a dimostrare che da parte sua era in grado di riempire ogni carenza di fantasia maschile.
Dopo il suo arrivo si era silenziosamente installata nell'abitazione di Cesare, cercando di rispettare gli 'spazi di libertà' che ogni uomo inevitabilmente si crea e coltiva.
Lei aveva sufficiente esperienza di uomini, celibi o no, per intuire cosa preferiva il suo compagno, così come aveva capito che Cesare di lei preferiva soprattutto il suo formoso posteriore, ben modellato e privo di cellulite.
Le bastava camminare, come aveva fatto la prima mattina, lasciandolo scoperto a metà con una camiciola della giusta lunghezza, perché il deputato si svegliasse da uno strano torpore e da pensieri che lo conducevano chissà dove.

«Saranno le preoccupazioni politiche» pensava Roberta, senza immaginare che le fantasie di Cesare erano ben diverse.

In una sera particolare, dopo un lungo amplesso iniziato sul divano, proseguito sul tappeto e finito quindi nell'ampio letto, Cesare la stupì dicendole con voce un po' triste: «Sei stata molto cara in questo periodo e vorrei pensare a te anche per il futuro».

Roberta si schermì: Cesare le stava procurando (così credeva) la parte nella fiction televisiva, il suo precedente amico l'aveva generosamente ricompensata e, da parte sua, era stata sempre accorta a crearsi un gruzzoletto in banca.

«Con me sei stata e sei ogni giorno più dolce» le ripeté l'uomo, mentre Roberta iniziava a temere che le chiedesse di sposarla, cosa che le avrebbe fatto perdere la libertà. Con stupore, ma anche con gratitudine lo sentì proseguire: «Spero di campare cent'anni, ma volevo dirti che ho intenzione di lasciarti questa casa, se mai dovessi mancare».

«Non dire certe cose nemmeno per scherzo – l'interruppe la ragazza singhiozzando – perché porta male».

«Sciocchina superstiziosa, non temere, sto benissimo e conto di stare sempre meglio, ma è giusto dirti che, finché staremo insieme, tu potrai contare su questa casa, come se fosse la tua. E se mancassi – la ragazza iniziò ad agitare le mani facendo ampi gesti di scongiuro – te la lascerò in eredità. Non ho parenti né amici. Non mi sono mai sposato, né mai lo farò, sappilo, ma voglio compiere almeno questo piccolo gesto, affinché tu mi ricordi per sempre. In cambio, a ogni anniversario del giorno in cui ci siamo conosciuti, mettiti quella mia camicia da notte: se ci sono, te la toglierò io. Se non ci fossi, mi ricorderai».

Ricacciate le lacrime, Roberta lo aveva ringraziato, ma non a parole, fino a lasciarlo stremato sul letto.

Risvegliato da quella parola 'omenoni' decise di organizzare un incontro immediato, e rispose con l'indirizzo e il numero di stanza di un altro hotel, stavolta vicino a Fiumicino: il destinatario poteva ben pagarsi ormai il biglietto.

All'appuntamento Sidoli si presentò vestito in modo inappuntabile, ben diverso dall'uomo sciatto incontrato alcune settimane prima.

«Spero che il Ministro sia soddisfatto del primo invio: è stato uno scherzo. Sono andato in Danimarca da un amico che mi ha dato materiale stupendo. Non c'è nulla da dire, gli scandinavi sanno lavorare benissimo. Poi ho cominciato il lavoro concreto e l'inviato di *Re Leone* mi ha garantito tutto l'appoggio necessario. Ora dovremo studiare i dettagli. Ma la buona notizia è un'altra: ho saputo, e l'informazione è certa, che Bucciantini si vedrà tra pochi mesi con quel maledetto medico. Riusciamo a cogliere due piccioni, è il caso di dirlo, con una sola fava» rise Sidoli mentre Giani mostrava vivo interesse.

«Piuttosto: se è abbastanza agevole la prima parte del piano – intervenne il deputato – è certamente più complessa la seconda e da gestire con assoluta intelligenza. Il punto chiave è: cosa facciamo? Se volessimo limitarci ad ammazzarli la cosa sarebbe semplice, ma forse non avrebbe la risonanza che vogliamo darle. Possiamo farlo anche separatamente, ma sarebbe meglio farlo quando sono insieme. Se poi vogliamo qualcos'altro il lavoro diventa più complesso.

Caro Sidoli, ti sottolineo che questa operazione ci è stata richiesta dagli amici di oltralpe ed è sostenuta da ... da chi è più in alto di tutti noi: non ti dico il nome, ma spero che avrai capito. Se non ci decidiamo a intervenire corriamo il rischio che anche in Francia o in Belgio inizino davvero a indagare e, magari, a condannare. Quindi ci hanno suggerito - ma dovrei dire, imposto - di intervenire con decisione assoluta: ci daranno sostegno economico e concreto (anche alcuni uomini e il materiale necessario) però vogliono risultati. Poi in questo caso abbiamo un'altra necessità: sappiamo che quel magistrato sta svolgendo un'indagine riservatissima, di cui non parla con nessuno. Parrebbe che stia coinvolgendo alcuni imprenditori, o forse dei banchieri, o addirittura dei politici in tutta Europa. È necessario scoprire subito chi sono i sospetti, e por fine all'indagine».

La discussione fu interrotta dall'arrivo del pranzo, che però venne mangiato di malavoglia da entrambi, finché Sidoli riprese: «Avrei un'idea, ma richiede denaro e persone fidate, oltre che una base logistica sicurissima: ascolta...».

La riunione non si sciolse presto perché Giani sollevò obiezioni, finché dovette riconoscere che il compare era decisamente un buon organizzatore. Solo verso sera i due definirono il piano, però bisognava incastrare per bene il capro espiatorio. Anche per questo Sidoli aveva un'idea.

Il martedì seguente Sidoli si presentò al vecchio amico Tarozzi, il consigliere regionale che era stato da poco scaricato dalla nuova segretaria cittadina, Gina Ragazzi.

All'ingresso del Consiglio fu accolto dai commessi, che lo riconobbero pur non vedendolo da tempo, e, per cominciare, decise di tastare il terreno andando alla commissione ambiente, di cui Tarozzi era vicepresidente.

La dirigente era una vecchia amica, che proveniva dal Comune, finché non aveva ottenuto prima un 'comando', quindi il trasferimento alla regione. Bella donna, intelligente e competente, sapeva far filare a dovere le segretarie e anche i politici, che però non prevaricava. Accolse Sidoli come un vecchio amico (gli doveva il trasferimento) e interruppe una noiosa riunione con l'avvocato del Consiglio, con il quale trattava una questione di (dubbia) legittimità di alcune delibere di giunta, sfacciatamente a favore di un noto gruppo industriale.

Al bar Sidoli lasciò cadere il nome di Tarozzi: «Non lo vedo da una pezzo, come va?»

«Non è più lui - rispose la donna – ormai da due mesi. Pensa che si è lasciato sfuggire una delibera di giunta senza intervenire, anche se l'aspettava al varco da un sacco di tempo. È apatico, sembra che non abbia interessi, e poi litiga con tutti. Giovedì ho dovuto calmare Gabriella, la mia segretaria, che sembrava in preda a una crisi isterica dopo una discussione con Tarozzi. Poi lo vedi subito: veste in modo trasandato, proprio lui che si piccava di vestire sempre come un damerino. Ma parlami di te: non ti si vede da un pezzo e tutti si sono stupiti per le tue dimissioni».

«Zitta, proprio non dovrei parlarne con nessuno, ma con te so di potermi fidare. Ho ricevuto un incarico ministeriale importantissimo, che però mi impone di stare lontano dai riflettori per un po'. Anzi, volevo coinvolgere proprio Tarozzi in un'iniziativa, ma se mi dici che è così indifferente a tutto ne trovo un altro».

«No, indifferente non lo è, ma credo che per interessarlo devi sventolargli sotto il naso due cose, e tu mi capisci bene vero?»

«Per una non ho problemi, il ministro paga profumatamente, ma per l'altra ci vuole anche la sua collaborazione».

«Non ti preoccupare, sono convinta che se vede in giro un paio di tette graziose e delle gonne un po' corte, montate su una donna disponibile, sono certo che si sveglia del tutto».

Al pomeriggio dello stesso giorno, canonico per le sedute consiliari, Sidoli fece il suo rientro: lasciò che gli applicassero il badge "ospiti" (fino all'anno prima gli spettava il titolo "autorità") ed entrò spavaldo per dirigersi subito al bar dove, era certo, avrebbe incontrato Tarozzi.

«Caro Antonio, da quanto tempo non ci vediamo!».

«Caro Vincenzo, ma eri proprio sparito. Che fine hai fatto? Poi ho sentito dire che ti sei dimesso anche dal partito. Però ti vedo ben in forma. Io invece, quando vado sulla bilancia al mattino, non riesco più a vedere il mio pisello, e non so più se è cresciuta la pancia o rimpicciolito lui».

«O forse entrambe le cose – rise Sidoli, un po' preoccupato pensando al proprio – Per quanto riguarda me, ho dovuto farlo: il ministro mi ha affidato un incarico delicato, ma gli serviva un uomo che stesse lontano dai riflettori e ho deciso di sacrificarmi. Tu piuttosto, come stai? Hai avuto qualche problema, mi dicono».

«Se ti riferisci a quella troia hai ragione. Andava tutto bene, ma dopo l'elezione a segretaria cittadina me la sono vista cambiare da un giorno all'altro. Basta con i suoi vestiti di un tempo, si è rifatta un guardaroba degno di una suora. Poi mi ha mollato su due piedi: - Visto che non mi puoi sposare, se no diventi bigamo, capirai che non posso presentarmi in Curia se tutti sanno che ho l'amante. – Così da un giorno all'altro si è tramutata in un incrocio fra Santa Rosalia e San Domenico Savio. Non manca di fare una puntatina in Chiesa, se qualcuno l'osserva, a ogni ora possibile, e si è proclamata fustigatrice di costumi immorali. Proprio lei, che di immoralità, devo dirlo, se ne intende! »

«Mi spiace sentirtelo dire. - Sidoli sorseggiò l'aperitivo offerto anche a Tarozzi (evento eccezionale, non mancò di pensare il consigliere regionale) - Ora pensiamo alla vita concreta: avrei un incarico da affidarti per conto del ministro, ma questo ti obbligherebbe ad assentarti dalla Lombardia per qualche giorno. Dovresti interessarti a una sezione d'ambiente composta solo da donne, che sta creando dei grattacapi. Il ministro ti chiede, a breve, di andare da loro, cercare di capire quale sia il vero problema e, soprattutto, se siano realmente fedeli a lui. Però dovresti farlo senza molto apparire. L'idea sarebbe che tu partissi il venerdì; sarai ospitato probabilmente dalla segretaria (non ti troverai male, è una donna, diciamo un po' esuberante ma piacevole), ti incontrerai con le donne il sabato e forse anche la domenica: cerca di fartele amiche e di capire bene cosa capita: sarà organizzato un incontro pubblico su tematiche ambientali (così ti troverai a tuo agio e avrai modo di metterti in mostra). Probabilmente dovrai stare là in tutto tre o quattro giorni ma il Ministro mi prega di chiederti di accettare questa busta – con abilità consumata comparve e sparì immediatamente una busta bianca, alquanto rigonfia – che devi intendere come anticipo. Seguiranno le indicazioni logistiche: indirizzi, telefoni e tutto quanto ti potrà servire. C'è anche il mio nuovo numero di cellulare».

In quell'istante il campanello che richiamava i consiglieri in aula suonò a lungo (sembrava proprio la campanella scolastica che indicava la fine della ricreazione) e i legislatori regionali entrarono nell'aula loro riservata: chi molto impettito, chi quasi schivo. Qualcuno non mancava di osservarsi sempre alle spalle, altri viaggiavano con agende o con cartellette, piene di documenti.

Quelli che realmente contavano invece entravano silenziosi, si accertavano con uno sguardo che tutti i propri colleghi fossero presenti, e sedevano, preparandosi all'imminente schermaglia.

Tarozzi schizzò dentro l'aula dicendo a Sidoli: «Vieni a trovarmi domattina in ufficio, così avremo il tempo per parlare meglio». E si dileguò mentre i commessi chiudevano l'aula cui erano ammessi solo i consiglieri.

Sidoli ciondolò ancora un poco, scambiando qualche parola con una ex-collega, consigliera comunale e nota amante di un consigliere regionale, il quale non mancava di raccontare con ricchezza di dettagli, quanto la ragazza (piccola e bruttina) fosse travolgente a letto e come gli concedesse di sé tutto, e anche di più, con una furia travolgente.

A un tavolino sorseggiavano un aperitivo due uomini, ancora giovani, che si spacciavano per assistenti di questo o di quello: l'abito a doppio petto era di rigore, come la camicia impeccabile con i gemelli ai polsini. Impegnatissimi nel loro lavoro, non mancavano di adocchiare le giovani assistenti dei vari gruppi consiliari: la solidarietà fra lavoratori si estende decisamente al di là dell'appartenenza politica.

Una volta Sidoli aveva fatto svolgere indagini su uno dei due, che gli si era offerto come collaboratore, ed era rimasto proprio meravigliato: il 'giornalista' non era minimamente iscritto all'albo, nemmeno si era laureato, benché si fregiasse del titolo di dottore, ma soprattutto l'investigatore privato aveva appurato che era ricercato per truffe ripetute, e aveva dichiarato il fallimento di alcune piccole società che aveva montato con altri soci, dalle quali aveva fatto sparire i fondi. Ripetutamente dichiarato insolvente per decine di cambiali mai onorate, aveva probabilmente deciso che il mondo politico era quello più affine al suo e riusciva anche a ottenere, dai meno astuti, qualche piccolo incarico. Sidoli si era sempre ben guardato dall'affidargli alcun incarico, e del resto aveva sempre diffidato di chi è calvo!

La mattina seguente Sidoli raggiunse l'amico nella sede del Consiglio regionale, passò l'umiliazione del metal detector e del badge (sempre quello di 'visitatore') e si diresse sveltamente al gruppo consiliare di cui Tarozzi era presidente.

Quando arrivò, fu accolto da Gloria, la segretaria, una bionda statuaria, forse non bellissima, ma che indossava sul lavoro dei cardigan con camicette dalle quali trasparivano, o sarebbe meglio dire prorompevano, due mammelle ben sostenute da reggiseni neri o bianchi, sempre fini e lavorati, con accorti push-up. Chi ben la conosceva diceva che, in effetti, tolto il reggiseno il seno era un po' pendulo, ma bianchissimo, quasi latteo, enorme e morbido, e che Gloria lo sapeva usare con arte unica, e con reciproca soddisfazione, quando decideva di concedere i suoi favori a qualcuno.

Di lei si diceva, a ragione, che era stata l'amante del consigliere e che aveva ottenuto il ruolo di segretaria grazie alle sua indubbie capacità.

In seguito era rimasta sempre "a disposizione", pur non essendo più la favorita, gratificata da un ruolo di dirigente e da un paio di seggi in consigli di amministrazione dove il capo l'aveva imposta.

«Presidente Sidoli, si accomodi nel salottino. Il presidente Tarozzi è trattenuto in riunione dei capigruppo, ma si è premurato di dirmi che arriverà prestissimo».

«Non sono più presidente – si schermì Sidoli – ora sono un semplice privato cittadino».

Il sorriso di Gloria fu spontaneo e complice «Presidente, lei resterà sempre tale e poi, mi permetta di non ignorarlo, lei sta svolgendo compiti delicatissimi di alta politica. Stiamo attendendo tutti il suo ritorno ufficiale».

«Quindi il buon Tarozzi gliene ha già parlato» rifletté Sidoli, mentre sorpassava una lunga fila di questuanti, invitati tutti alla medesima ora e destinati ad attendere almeno fino al pomeriggio, fino a quando Gloria avrebbe detto agli ultimi sfigati «Il presidente deve andare in commissione con urgenza. Si scusa e vi prega di ritornare dopodomani, alla medesima ora».

Cacciati via gli ultimi, allontanate le segretarie e l'addetto stampa, Gloria sarebbe rimasta sola in ufficio perché il suo capo (che evidentemente ritornava alla vita normale dopo molti mesi) le aveva anticipato «Ah, a proposito, si trattenga in ufficio dopo le cinque, perché dovremo mettere a punto una relazione». Sessuale, era sottinteso.

Sidoli restò una buona mezz'ora a sorseggiare il caffè, servito in bicchierini di plastica che sottraevano la metà del gusto, mentre leggeva la rassegna stampa che l'ufficio di presidenza distribuiva ogni giorno.

«Ha abboccato – proseguì silenziosamente Sidoli – ma devo stare molto cauto. Non si lascerà certo infinocchiare da una proposta troppo esplicita».

«Caro Antonio – proruppe Sidoli vedendo entrare, sempre affannato ma vestito impeccabilmente, il collega – non ti scusare per il ritardo.

Ho bisogno di un favore personale, prima di discutere dell'altra vicenda».

Gli occhietti di Sidoli roteavano, mentre controllava che le porte fossero ben chiuse.

«Per un amico farò tutto – rispose Tarozzi togliendosi la giacca e sedendosi sulla sedia presidenziale, giusto per sottolineare chi era il capo lì dentro – dimmi cosa ti serve».

«È un favore delicato: dopo le mie dimissioni sono stato avvicinato da un tuo collega, dell'opposizione, che ha sondato una mia eventuale disponibilità a entrare nel suo partito».

Se la leggenda di Pinocchio fosse stata vera, i nasi dei due uomini avrebbero potuto quasi duellare, ma entrambi erano due ottimi politici, quindi mentivano sapendo che l'altro ne era perfettamente conscio, ognuno arrovellandosi sugli obiettivi sommersi che l'avversario aveva riposto in quell'incontro. Il rischio, tra politici, è la possibilità che a uno sfugga, o che dica consapevolmente, la piena verità senza che l'altro lo comprenda. Ma questo gioco di bluff e contro - bluff è, per la maggioranza della classe politica, il vertice delle capacità: forse il cittadino non sa che il massimo della menzogna è espresso quando il politico fa affermazioni come "Sulla mia parola ..." oppure "Sul mio onore garantisco ..." o anche "Posso assicurare che ...."

In realtà, non è vero che tutti i politici mentano spudoratamente. Lo fanno solo quelli che mirano a una lunga carriera: chi non mente è destinato a rapida emarginazione perché non ha compreso le regole del gioco.

«Non mi stupisco che qualcuno abbia chiesto a un Sidoli quali intenzioni potesse avere. Nessuno ignora le tue capacità e molti, nel tuo abbandono, hanno letto un contrasto con i nostri vertici nazionali». Tarozzi si stava arrovellando sull'obiettivo reale dell'interlocutore. Il giorno prima gli aveva lanciato un'esca, economicamente ben supportata, ma alquanto fumosa: cosa diavolo interessava al ministro un gruppetto di donne?

In realtà la perplessità di Tarozzi era stata in parte chetata dalla cifra contenuta nella busta ma anche dalla possibilità di essere ospitato personalmente dalla segretaria locale, le cui doti extra-politiche correvano a mezza voce nel partito.

«Mi dicevi che qualcuno ti ha accostato, quindi».

«È evidente chi sia stato – rispose Sidoli, che aveva sbadatamente omesso di precisare che l'incontro era stato cercato da lui stesso – e ti dirò che ho fieramente negato ogni possibilità che io cambiassi casacca. Ma il tuo collega mi ha parlato anche di te».

Sul punto 'casacca' Sidoli restava nel vago: l'appartenenza a un partito era, per lui, meno importante del colore delle magliette di una squadra di calcio, che a ogni incontro esterno doveva comunque mutare. L'unica fedeltà assoluta la doveva al "dio potere", cui era vincolata l'altra divinità, anch'essa inflessibile, il "dio quattrino".

Per il resto si rendeva conto di avere vizi, o comunque di vivere in modo differente dagli altri, ma questo era dovuto al fatto che lui, Sidoli, era effettivamente diverso dalla "gente comune." A lui ogni capriccio era dovuto, ogni soddisfazione doveva essere soddisfatta perché era Sidoli: un essere superiore agli uomini correnti; un uomo che tutto poteva perché di tutto era capace. Tranne naturalmente che di modestia.

Nessuno dei due approfondì la confusa vicenda, benché entrambi sapessero bene che il proprio interlocutore era disponibile a un 'salto della quaglia' purché remunerato. Sidoli uscì dall'incontro convinto che Tarozzi aveva probabilmente intenzione di cambiare partito, ma aveva visto anche che l'offerta del ministro lo tentava enormemente: un piacere fatto al Ministro (e attraverso lui addirittura al Presidente del Consiglio) sarebbe stato sicuramente ricompensato molto meglio che con una semplice busta.

Accortamente non volle svelare la data (nemmeno lui l'aveva decisa). Intanto avrebbe sensibilizzato la segretaria locale, in vista dell'arrivo di Tarozzi: ogni mossa doveva essere calcolata perfettamente.

Pochi giorni dopo un altro incontro avveniva in una cittadina piemontese famosa per i suoi vini e i suoi tartufi, all'interno di un bar, nella piazza del mercato.

Con Sidoli era seduto, sorseggiando un 'café liègeois', un individuo basso, con barba e baffi cespugliosi, dai modi bruschi e un accento alquanto strano. Sicuramente parlava un discreto italiano, ma alcune esitazioni e inflessioni nasali svelavano immediatamente la sua origine francese.

Due uomini, silenziosi, con gli occhiali neri, sedevano a un tavolino poco lontano, guardandosi attorno, decisamente nervosi per il divieto di fumare: quando il più alto aveva accennato a tirare fuori una sigaretta era intervenuta la commessa bloccandolo. L'uomo si era guardato attorno, aveva colto un cenno della mano da parte del suo capo, e aveva riposto con malagrazia il pacchetto di 'Gitanes'.

Fuori stazionava una Mercedes SL 63 AMG, nera, scintillante, con un individuo al volante, e il motore acceso, che non perdeva di vista l'ingresso del locale, mentre all'altro capo della piazza una Range Rover bruna era accuratamente lucidata da un ometto piccolo e nervoso, che continuava a passare un panno sulla carrozzeria, senza smettere di controllare il bar e il suo socio.

«Il mio capo mi ha dato *des ordres* - come dite voi? - disposizioni precise: devo sapere cosa serve, dove e per cosa e infine per quando. Poi di quanti uomini hai bisogno e di quanti soldi. Mi ha anche ordinato di non porre limiti, nell'ambito du raisonnable, del ragionevole, ma di riferire che i risultati devono essere perfetti, *entendu*?» disse il francese.

«Anch'io vengo mandato qui con richieste ben precise – rispose l'italiano - e non ho alcuna intenzione che qualcosa vada storto. Mi serviranno almeno dieci uomini: quattro per la parte centrale dell'operazione, tra i quali due autisti esperti, e sei che facciano da staffetta e che blocchino le strade; poi voglio due vetture veloci e sicure, due moto, una casa appartata, il necessario per un blocco stradale e armi a sufficienza per ogni eventualità, anche se gli obiettivi non dovrebbero essere armati. Dobbiamo prendere uno o due ostaggi e tenerli per un po' di tempo, poi dovremo sbarazzarcene senza che possano essere trovati. I tempi sono brevi, probabilmente entro qualche mese, forse prima. Dovranno essere uomini decisi, abili a usare le armi ma che non si facciano scappare dei colpi per troppa precipitazione».

«Non insegni a noi queste cose, ça va sans dire, piuttosto: chi di voi collabora con noi e come?»

«Io sarò il raccordo, vi darò ogni indicazione e sarò con voi. Ma credo che ci sarà anche qualcun altro dei nostri che vorrà seguire la vicenda da vicino. Dovremo pensare a cibi e bevande per qualche giorno, a telefoni e anche a un possibile rifugio alternativo».

«Écoutez moi: questa è l'ultima volta che noi ci vedremo. D'ora in avanti sarete contattato solo da Pascal, quel ragazzo còrso che è seduto al tavolino, il più piccolo, coi baffi sottili. Sarà lui il responsabile operativo dell'impresa e con lui dovrete concordare tutto.

Io mi limiterò a dire ai miei capi che l'operazione parte nel modo che essi esigono. Ma voglio conoscere nei dettagli il progetto prima di dare il via all'operazione. Qui c'è l'*argent* che vi servirà per le prime operazioni. Il resto seguirà quando lo richiederete».

La descrizione di Sidoli, alquanto ringalluzzito nell'osservare lo spesso plico di banconote da cinquecento euro, iniziò, mentre il primo caffè fu seguito da un altro. La semplicità del piano convinse il diffidente francese, che sollevò varie obiezioni, tutte rapidamente risolte da Sidoli.

L'aspetto essenziale era la velocità e la precisione. Nessuno doveva sospettare alcunché nelle fasi iniziali. Quindi il trasporto doveva, e poteva, avvenire con sufficiente rapidità. Giunti nella base, sarebbero intervenute le persone del gruppo di comando.

Al Parco Sempione

Le giornate cominciavano ad allungarsi sensibilmente, togliendo l'uggiosa e cupa oscurità dal pomeriggio e spostandola verso la sera: Sergio, un pomeriggio, aveva detto ad Elisa che, parlando con Alvaro (un amico dell'Angola, un ragazzo alto come un armadio con due spalle possenti ma che di lavoro faceva l'ebanista), il giovane di colore aveva confessato di aver fatto molta fatica ad adattarsi, nei primi anni di fuga dal suo paese in guerra, alla diversa durata del giorno. «Da noi la giornata è di dodici ore, ci si sveglia col sole, e si mangia la sera quando il sole tramonta. Poi a letto. Qui avete notti strane: qualche volta lunghissime, anche di sedici ore, qualche volta brevissime. Da me direbbero che qualcuno ha mangiato il sole. E la luna poi: sembra che la falce debba cadere. Da noi ha una bella forma a barchetta, placida e tranquilla».
«In effetti - diceva Sergio alla fidanzata, anzi, alla promessa sposa, perché avevano fissato la data del matrimonio per il mese di settembre - ero andato una volta a Stoccolma per un congresso: era stranissimo vedere buio già a metà pomeriggio nel mese di aprile. E capisco bene che poi gli svedesi si sbronzino facilmente: non sanno cosa fare per tutta la notte, quindi annegano nella vodka (buonissima, per inciso) i loro pensieri e le loro noie».
Mentre i due giovani passeggiavano, di sabato pomeriggio nel Parco che si estende alle spalle del Castello Sforzesco, Elisa indicava a Sergio le varie essenze che incontravano: «questo è un acero riccio, quello un bagolaro e lì un ponciro vicino al tasso». Sergio, che conosceva discretamente la biologia e che si era appassionato anche a quella marina da quando faceva immersioni subacquee, era abbastanza ignorante in botanica e non mancò di stupirsi per le conoscenze di Elisa.
«In realtà – disse la ragazza – a scuola non ho mai brillato

e le materie scientifiche mi sono sembrate sempre noiose. Ma guarda: quello è un cipresso calvo, è una pianta che assomiglia al tasso ma non è velenosa! Quando ero bambina fu distribuito nella scuola un opuscolo stampato da un Consiglio di Zona che descriveva tutti gli alberi del Parco: ne ho ancora una copia, un po' spiegazzata. Quando ho un po' di tempo vengo a girare questa bella area verde, magari in bicicletta. Dovrei dire 'venivo', perché da quando siamo insieme non sono mai riuscita finora a portarti qui, uno degli angoli più rilassanti della nostra città. Vedi, laggiù c'è un laghetto, con le papere, e vicino, all'ombra, c'è un antico ponte di ghisa, il ponte della Vittoria. Almeno io l'ho sempre chiamato così perché era il nome che gli aveva dato mio papà (Vittoria era sua zia), ma non è il suo nome vero. È bello venire in primavera a sdraiarsi al sole e magari mangiare un panino. Poi si può andare alla biblioteca, o al bar che c'è dietro a un buffo monumento dedicato a qualcuno sicuramente molto importante, ma che non so proprio chi fosse. Milano è molto bella, vista da qui, dove vedi da un lato l'Arco della Pace e alle spalle il nostro castello. Non sembra la città affannosa di tutti gli altri quartieri».

Passarono di fianco all'Arena, per fermarsi a un baracchino che vendeva bibite. Seduti al tavolino iniziarono a sorseggiare una bibita, quando Sergio tirò fuori dalla tasca una misteriosa busta di plastica: «Prendilo, è bene che te lo porti sempre dietro. E tanti auguri. Credevi che mi sarei dimenticato il tuo compleanno? »

«Ma cos'è? Un telefono cellulare! È proprio mini e sottilissimo! Ma non sarà difficile da far funzionare? Grazie, tesoro, avevo quasi timore che avessi dimenticato la data: sei sempre così impegnato» gli disse con un dolce sorriso.

«Mi hanno detto che è l'ultimo gioiellino. Non fa fotografie, ma mi hanno assicurato che è potente, anche se piccolissimo. È meglio che tu l'abbia sempre dietro. Ho già messo in memoria qualche numero: per esempio, se vuoi chiamarmi devi solo schiacciare questo tasto e dire 'Sergio' e il telefono fa tutto il resto. So che non hai mai voluto un telefono, ma credimi, è più prudente se lo tieni con te. Io mi sento più tranquillo. Puoi anche usarlo come pendente per una collana. Parliamo invece un po' di queste lezioni per sposarci».

«No, non sono lezioni, o almeno non dovrebbero esserle. È il corso di preparazione al matrimonio religioso e sono incontri, discussioni, non lezioni. La parrocchia lo richiede».

«Non vedo perché dovrei studiare per sposarmi. Sappiamo benissimo cosa si fa quando si è marito e moglie».

La discussione si protraeva, mentre passavano dietro la triennale e si dirigevano verso la macchina, finché Sergio ammise: «Va bene, se per te sposarsi in chiesa è importante, diventa tale anche per me, ma bada bene: se il prete comincia a fare discorsi moralistici o a protestare perché viviamo insieme, mi alzo e me ne vado.

A proposito. No, anzi, non c'entra proprio nulla, ma è un'associazione di idee: Bucciantini mi ha chiesto di presentarmi da lui lunedì alle sei di mattina; mi chiedo se quell'uomo abbia una vita privata. Pare che ci sia un caso urgente, di cui voleva parlarmi prima ancora dell'arrivo dei segretari.

Andrò da lui, ma prima devo passare a rivedere il mio vecchio direttore che mi ha invitato, e non capisco proprio perché lo abbia fatto dopo tanti anni».

Il barone

«Caro Sergio, che piacere rivederti dopo tanto tempo». L'anziano cattedratico non si alzò, ma tese la mano verso un dubbioso Sergio, che non mancava di chiedersi il motivo di questa convocazione. Anzi, di questo invito pressante.

La segretaria, una lentigginosa ragazzina quando Sergio era appena studente, ora divenuta una signora dagli occhi grigi, sempre freddi e decisi, stava servendo un caffè senza zucchero né latte per l'anziano e diabetico chirurgo, con panna e una spolverata di cacao per il giovane allievo di cui rammentava infallibilmente le preferenze.

L'invito era giunto francamente inaspettato: dopo il tirocinio da studente, aveva ottenuto una tesi (che sarebbe stata poi pubblicata dall'aiuto, il quale avrebbe incassato anche le royalties della ditta farmaceutica); iscritto poi alla scuola di specializzazione, era stato presso l'Istituto per cinque anni, per esserne bruscamente invitato a uscire appena al termine degli studi: «C'è un ruolo di assistente in pronto soccorso dal professor Santini: per te è ottimo – gli disse Rauli, l'aiuto anziano del professore - Del resto tu sei un giovane di famiglia semplice. Apprezziamo molto il tuo lavoro: il direttore vede che sei bravissimo in corsia, che gli studenti sono felici delle tue lezioni e delle tue esercitazioni, ma cerca di capire: noi che abbiamo una famiglia ricca (mio padre era notaio e mia moglie è proprietaria di una banca) possiamo fare gli universitari. Tu o vai a fare il medico della mutua oppure, ed è un privilegio, accetta il ruolo che il direttore ti ha trovato presso Santini. Tu non puoi fare carriera universitaria: è riservata ai ricchi o ai figli dei cattedratici».

La frase offese profondamente Sergio, che sentì insultata la sua famiglia, il padre operaio, il nonno ferroviere, uomini che sbarcavano il lunario col sudore della fronte, ma di un'onestà scrupolosa e cristallina. Accolse quindi la proposta con rammarico – gli sarebbero mancati gli studenti, le esercitazioni talora concluse con cene in pizzeria, le lezioni che il direttore gli concedeva spesso di fare (quando doveva andare a operare pazienti privati in casa di cura) – e si staccò da un ambiente nel quale, vedeva, la carriera era riservata ai ricchi, ai parenti del cattedratico, ai raccomandati dai politici e a coloro che riuscivano a fare favori a qualcuno di queste categorie.

Sergio era quindi stupito di questo invito ed ancor più insospettito per la cortesia (il caffè era riservato ai visitatori importanti, nel galateo universitario) ma decise di sentire cosa gli riservasse il vecchio professore.

«Caro Sergio, ti ho tenuto d'occhio in questi anni e lo stesso povero Breda mi parlava sovente di te».

«Male, immagino» rimuginò fra sé Sergio, mentre pensava al "povero" cocco del professore, immaturamente scomparso. E così stronzo nei suoi riguardi.

«Forse non ti sarà mai sembrato, ma Andrea non ti perdeva d'occhio e aveva capito che stavi maturando le doti di un buon chirurgo».

«Evidentemente Breda era molto riservato – rispose con ironia – perché non ha lasciato mai trasparire questa attenzione e simili giudizi. Mi dica professore, sono onorato per il suo invito: cosa posso fare? »

«In realtà, caro Sergio, si è verificata una situazione imprevista, e desidererei che fosse uno della mia scuola ad approfittarne. In breve: nel concorso presso l'Università di ... sono stato nominato inaspettatamente presidente, a causa dell'improvviso decesso di un collega. Di sicuro il vincitore è già deciso (il Rettore dell'Università mi ha detto che si tratta di un giovane locale, serissimo, che ha fatto una lunga gavetta), ma ho la possibilità di far arrivare un mio allievo fra i primi tre. Sai bene che se uno viene 'ternato' a un concorso può essere, in seguito, nominato professore per semplice chiamata da un'altra università.

Sarei ben lieto che fossi tu, persona che mi ha sempre ispirato fiducia per la serietà, a concorrere».

«Professore, resto senza parole. Ma non c'è qualcun altro in Istituto con titoli e, mi permetta, ambizioni, superiori ai miei? Del resto è da qualche anno che non faccio più attività didattica e ho scritto poche pubblicazioni».

«Non te ne preoccupare: come ti ho detto presiedo io la commissione, quindi spetta a me l'ultima parola. E toccherà a me farti superare la prima fase, quella della valutazione dei titoli, per essere ammesso alla prova pratica. Per quella poi sarà facile. Incaricherò qualcuno di farti preparare delle slides sui temi del concorso. Non ci saranno problemi, vedrai».

Sergio era alquanto dubbioso: la manifestazione d'affetto del direttore era almeno stupefacente in una persona sempre austera e lontana dai giovani, un cattedratico che l'aveva tollerato, e certamente sfruttato finché aveva potuto, però mai amato. Stava immobile, guardando la parete dietro la candida chioma del professore, che era occupata da moltissime fotografie con uomini politici: riconobbe un professore ancor giovane con Andreotti e quindi un'altra mentre stringeva la mano e sorrideva a Berlinguer (non si sa mai...); e poi sempre Perini con Craxi, con il Magnifico Rettore (di cui era stato un grande elettore), con il vice presidente degli Stati Uniti. E ancora le foto mentre leggeva, da scranni internazionali, importanti lezioni e dissertazioni (scritte dai suoi assistenti). Proprio sopra la sua testa una fotografia in bianco e nero, un po' ingiallita dal tempo, riprendeva un giovanissimo Perini al momento della laurea, mentre veniva complimentato dal professor ... l'austero cattedratico cui avrebbe dovuto la sua folgorante carriera.

Le pareti erano ricoperte da libri, pubblicazioni scientifiche, attestati di stima per il professore, presidente di questa o di quella società scientifica. Seminascosta, dietro la biblioteca, traspariva un'icona.

Era largamente noto che il professor Perini si trovava ai vertici della massoneria italiana (Sergio ignorava di quale osservanza e francamente non gli interessava minimamente), ma l'icona gli era stata donata da un collega russo (sovietico, all'epoca) e portata avventurosamente attraverso la frontiera. Quando mai capitava nel suo studio un monsignore, essa trovava miracolosamente uno spazio adeguato, e il sorriso triste della Vergine, dipinto in oro su un legno ingiallito dal tempo e adorna di argento e pietre dure, sembrava illuminare le miserie del mondo. E serviva a garantire il monsignore che, in fondo, anche Perini un'anima ce l'aveva; in fondo, in fondo.

«Caro Mandelli, attendo la tua decisione, ora».

«Professore, se mi lascia ...».

«Ho detto ora, perché i termini del concorso scadono domani alle 12 (ma è sufficiente l'invio postale che garantisce la perentorietà dei tempi) e purtroppo dobbiamo fare in fretta».

«Professore, ma non riuscirò mai a radunare i titoli, le pubblicazioni, a redigere l'elenco e compilare il curriculum. Mi mancano i moduli e non so dove spedire la domanda».

«Per cercare di favorirti ho incaricato Renata, la mia segretaria, di provvedere. Sai che io tengo più di tutto ai miei allievi e alla mia scuola – disse il cattedratico con voce ispirata, mentre Sergio pensava che al professore era sfuggito l'intenso amore per il proprio conto corrente, che aveva sormontato qualsiasi altro affetto – e credo che non manchi nulla, o quasi.

Quindi se ritieni di accettare la mia offerta - in caso contrario ho solo l'imbarazzo della scelta fra gli altri miei giovani - puoi andare da Renata e firmare la domanda e tutti i moduli già pronti».

In realtà la cosa non era proprio così semplice, perché non c'era nessuno tra gli assistenti e i volontari che avesse uno straccio di titolo, oppure erano persone che il cattedratico non voleva esporre. Ma la firma di Mandelli era troppo importante, quindi Perini si alzò, prese sottobraccio il giovane e, guardandolo negli occhi, disse con voce un po' roca, quasi emozionata «Avrei voluto tenerti con me prima. Ora concedimi, per la stima che provo verso te, di rimediare a delle scelte sicuramente ingiuste compiute nei tuoi riguardi. E, guarda, ti chiedo di presentarti tu in aula a svolgere la prossima lezione, ma non al mio posto: io sarò presente, al tuo fianco, e tu parlerai dopo Rauli».

«Cielo benedetto, mi tocca parlare dopo Cheeta» pensò Sergio, che ricordava bene il soprannome che avevano dato da tempo immemorabile al collega, e che non poteva che sorridere internamente, allorché ripensò a una lezione di Cheeta, anzi, del professor Rauli, quando stava descrivendo un preparato istologico: «.. e qui vedete questi spazi dilatati, che sicuramente non sono dei vasi linfatici, ma degli artefatti della preparazione". In quell'istante era stato interrotto dal professore «Rauli, guardando attentamente non so se è esatto quanto dici: potrebbero essere proprio dei linfatici».

E Cheeta esclamò, sbattendo involontariamente i tacchi: «Ha ragione professore, questi non possono altro che essere dei linfatici dilatati. Nessun'altra ipotesi è scientificamente ammissibile!»

In effetti Rauli non si era conquistato la sua docenza certamente per puri meriti scientifici, quanto per la forza delle sue mani, che trasportavano dovunque la ponderosa borsa del professore.

E del resto il termine 'chirurgo' significa proprio 'colui che lavora con le mani'!

Sergio fu condotto con fare paterno, addirittura tenuto sotto braccio, dal Direttore e fu affidato a Renata, che rapidamente fece controllare al giovane il bando di concorso, verificò che tutti i documenti e i titoli fossero presenti (anche i certificati di laurea e specializzazione) e fece sottoscrivere i documenti in un plico già impaginato che fu immediatamente preso da un giovane schiavo (come erano chiamati gli studenti del quinto anno) e portato alle Poste.

Quando il giovane chirurgo uscì era un po' confuso e perplesso, tanto che dovette evitare, con un salto, un'ambulanza che passava disinvoltamente nei viali.

Il concorso

La biblioteca era ricolma di antichi tomi, testi che nessuno aveva consultato da tempi immemorabili ma che impreziosivano l'austera aula di studio. Antichi libri di medicina e di chirurgia dell'800, pressoché intonsi, mostravano rilegature in cuoio rosso o verde bordate d'oro.

Solo qualche volume era palesemente rovinato (certamente per cadute accidentali durante le pulizie annuali) e con gli altri osservava freddamente i tre anziani personaggi seduti gravemente al tavolo. Dietro loro sedevano, su banchi quasi scolastici, alcune donne con abiti severi, gonne oltre il ginocchio e occhi impassibili.

Il quarto lato del tavolo era occupato da un giovane, alquanto nervoso, che continuava a scorrere alcuni elenchi, ma che non prese la parola prima che arrivasse il caffè (che poteva eccitare gli animi, ma anche rasserenare qualcuno).

I tre più anziani, uno totalmente pelato, gli altri due con capelli bianchi accuratamente tagliati, avevano aperto le schermaglie discutendo di calcio. «Caro Cavana, la tua Juve come farà a rubarci lo scudetto quest'anno?» chiese il più anziano, che sedeva di fronte al giovane segretario.

«Come sempre, caro Perini, - rispose l'uomo calvo - giocando meglio delle altre squadre».

«No, corrompendo gli arbitri e drogando i giocatori» riprese il primo con aria molto indignata.

Il terzo, un po' più giovane, si intromise con un netto accento siciliano: «Cari colleghi, che minchia dite? Non siamo qui per litigare, ma per espletare con dignità accademica un concorso. E cosa dovrei dire io del mio Palermo? Mai un favore, mai un arbitro che ci conceda un rigore. E noi avremmo la mafia? In Sicilia non esiste: è al nord la vera mafia!»

In realtà il professor Li Causi aveva più di 'qualche' conoscenza nell'onorata società, ben occultata dalla sua apparente rispettabilità, e non dimenticava che la sua carriera, iniziata come incerto assistente chirurgo all'ospedale civile di Lentini, aveva conosciuto un'improvvisa spinta dopo aver medicato (e salvato) un uomo con diverse ferite d'arma bianca: il giovane chirurgo era stato prelevato, bendato e condotto in un casolare dove si era prodigato per salvare la vita di un ragazzo con alcune ferite d'arma bianca; tacitando la sua coscienza con la più pura deontologia (in fin dei conti, l'obbligo di denuncia all'autorità giudiziaria di fatti che costituiscono reati perseguibili d'ufficio è cogente per il medico, salvo che la segnalazione esponga il ferito alla giustizia), aveva mantenuto uno stretto silenzio sul fatto, favorito anche da alcune sottili minacce rivoltegli sul suo possibile destino se avesse fiatato. E dopo il primo, aveva curato, qualche volta peraltro con esito infausto, una serie di personaggi che avevano in comune di essere tutti anonimi, feriti o moribondi, e tutti legati a un clan mafioso, il cui capo aveva apprezzato la risposta «*nenti sacciu, nuddu vitti*» data con indifferenza dal giovane a un carabiniere che si era insospettito per il ritrovamento di un cadavere perfettamente medicato e suturato, con evidente arte chirurgica, e aveva interrogato tutti i chirurghi della zona.

Quasi per caso, il giovane era stato chiamato nella clinica universitaria e altrettanto 'casualmente' era stato proiettato ai vertici della carriera.

«Ma riprendiamo a vedere i curriculum – riprese Li Causi – perché alcuni sono interessanti».

«Diamoci una regola – propose Perini – e consideriamo subito esclusi quelli non accompagnati dalla presentazione di un cattedratico. Il nostro segretario mi ha fatto presente che tra loro ve ne sono alcuni prodotti da colleghi che hanno usufruito di borse dell'UE, che hanno fatto stage negli Stati Uniti e via così.

È evidente che questi candidati potrebbero essere pericolosi; poi mi sembrano troppo saputelli».

Il segretario cominciò a ordinare i curricula secondo le disposizioni della commissione, i cui membri avevano annuito alla proposta del presidente, e sottopose ai professori i superstiti: cinque candidati provenienti da tutta Italia, tra i quali il giovane segnalato dal direttore della clinica universitaria locale.

«Questi saranno ammessi alla prova pratica» – ricominciò Perini, che vedeva con soddisfazione Mandelli in buona posizione.

Meno contento era Cavana, che non aveva assolutamente previsto un candidato del presidente della commissione e che non mancò di fare le sue rimostranze.

«Quando ci riunimmo col precedente presidente, il compianto professor Corrias immaturamente scomparso, avevamo già un orientamento preciso: vincitore sarebbe stato Vuolo, il giovane locale: l'indigeno, diceva Corrias; quindi sarebbero stati ternati Mariotti (sostenuto dal professor ... cui nessuno potrebbe mancare di rispetto ... anche perché è presidente di troppe commissioni nei prossimi anni) e il mio Cirelli. Ora mi cambi le carte in tavola e questo non è ammissibile. Poi ho attentamente esaminato i documenti di Mandelli: dopo la specializzazione tu l'hai allontanato dalla cattedra e gli hai trovato un posto di assistente ospedaliero. Non capisco perché ora dovrebbe saltar fuori questo sconosciuto!»

«Questo medico, che tu chiami sconosciuto – riprese Perini con voce sempre più alta fino a gridare – è sempre stato il mio allievo preferito».

«Tanto è vero che l'hai allontanato! »

«No, l'ho parcheggiato presso il dottor Santini, un ottimo chirurgo al quale ho sempre inviato i miei giovani migliori; ma l'ho sempre tenuto d'occhio, tanto che, e lo vedrai, alcune pubblicazioni le ha prodotte in questi ultimi anni e con la firma dei miei più stretti collaboratori! »

Perini si riferisce a un'abitudine che, una volta, era alquanto diffusa: i giovani effettuavano studi e ricerche, che venivano pubblicate poi con sette – otto nomi di coautori, sovente medici della clinica che nemmeno sapevano di cosa si trattasse, ma che potevano utilizzare tale presenza quale titolo per i concorsi. L'autore effettivo poteva comparire, quale ultimo autore, ma talora non gli era consentito questo onore. Naturalmente si tratta di un sistema ormai superato...

Le tazzine da caffè fecero una brutta fine, con la disperazione della segretaria che aveva utilizzato le più belle dell'Istituto, e i due litiganti stavano per accapigliarsi quando intervenne il professor Li Causi: «Ora basta! Sedetevi e ragioniamo come si conviene tra accademici. E cercate di non scassarmi più la minchia con questi toni. Anzi, lasciamo prendere un quarto d'ora di respiro ai segretari – che sgattaiolarono fuori appena udite queste parole – e facciamoci un nuovo coffee break».

Benché fosse il più giovane, Li Causi era rispettato perché nessuno ignorava ciò che non si poteva dire, né il potere che lo sosteneva. In realtà tutti e tre erano potenti, l'uno essendo sostenuto da un certo gruppo industriale, l'altro dalla massoneria.

«Ora vediamo – riprese Li Causi – credo che una soluzione di onorevole compromesso possa esserci. Se i colleghi me lo consentono, avrei un'idea da esporre».

La mente fertile del professore siciliano era partita dal presupposto che nessuno dei commissari doveva essere umiliato; per parte sua non aveva candidati, a questo concorso, ma aveva un giovane da presentare entro breve tempo. Evidentemente Cavana si stava giocando molto sul suo candidato, altrimenti sarebbe sembrata strana la violenza con cui un anziano piemontese aveva aggredito, finora solo verbalmente, un collega milanese. Il quale, da parte sua, sapeva benissimo che stava rompendo un qua-

dro già ben definito, sostenendo un candidato alquanto debole.
Prese quindi da parte prima l'uno, poi l'altro collega, in un conciliabolo a bassissima voce.

Trascorsero quasi due ore, mentre i segretari si stavano rilassando, non sentendo più urlare i loro superiori; infine Li Causi riunì i due antagonisti, che non si guardavano più nemmeno in faccia, ed espose una proposta.

«Cari colleghi, è nostro dovere esprimere i giovani migliori per la docenza, noi stiamo creando la futura classe universitaria e dobbiamo, ve lo chiedo con tutta la forza possibile, rispettare la dignità dell'UNIVERSITÀ, della scienza e della didattica di cui noi siamo solo umili interpreti.

Io vedrei una soluzione, che richiede una parola solenne e un impegno formale di tutti voi: Perini chieda al suo giovane di ritirare la domanda prima che egli acceda alla prova orale (vedo che è un giovane sveglio e valido e temo che supererebbe bene il test). Da parte sua Cavana si impegna, nel concorso che si terrà il mese prossimo a ... (di cui è presidente) a promuovere direttamente in cattedra l'altro allievo del professor Perini, che si è candidato appunto in quella sede, dove il candidato locale è deboluccio».

Un immediato gesto di diniego dei due interlocutori non spaventò Li Causi, la cui saggezza e conoscenza del mondo universitario avevano fatto comprendere che l'agnello era ben sacrificabile da Perini, a fronte di un risultato maggiore e insperato (in realtà era proprio quello l'obiettivo di Perini). La discussione procedette, ma più pacata, perché ognuno dei due voleva vedere ben tutelata la propria dignità e sottolineato il proprio potere.

Quando si accorse che per entrambi l'affare era possibile, Li Causi pacatamente concluse: «Quindi va bene per tutti così. Naturalmente non posso omettere di chiedervi anche un aiuto personale: si tratta di sistemare quel concorso che si svolge nella mia terra, per il quale proprio ancora voi siete commissari (quei malfidenti del ministero non hanno voluto nessuno che fosse siciliano). Come sapete è candidato un mio brillante allievo, di famiglia rispettabilissima. È giovane, ma dà garanzie assolute e, nella nostra società, sono queste che contano.

So che il chiarissimo collega professor ... vorrebbe far promuovere un suo aiuto, ma non ho avuto garanzie che *iddu* sia uomo d'onore. Come lo è sicuramente il mio giovane».

La discussione che ne seguì fu breve, l'impegno fu assunto da ognuno con una stretta di mano, e i segretari furono richiamati: restarono molto meravigliati nel vedere appianata ogni discussione e anzi nel trovare i tre commissari sorridenti, mentre scambiavano salaci battute. I cinque indicati sarebbero stati ammessi alla prova orale.

Poi il direttore della clinica locale invitò tutti a pranzo, in un tipico ristorante del luogo, dove mangiarono, e soprattutto bevvero, liberi ormai da ogni angoscia: tutti avevano ottenuto il loro scopo.

Sergio rimase stupito, nel ricevere una telefonata da Perini nel cuore della notte: «Caro Sergio, scusami, ma ti devo chiedere un grande sacrificio: ti ho fatto ammettere alla prova pratica – riceverai la comunicazione della commissione - ma uno dei miei colleghi ha osservato che i tuoi titoli sono un po' debolucci e minaccia di farti fare una pessima figura proprio durante la tua prova pratica. Devi evitarlo, anche per il tuo futuro: ti chiedo di mandare questa mattina stessa al segretario, un fax nel quale dichiari di ritirarti per... scrivi per motivi personali. Te ne sarò riconoscente!»

La telefonata fu chiusa bruscamente e Sergio la riferì a Elisa che gli rispose «Te l'avevo sempre detto che non mi fidavo di quell'uomo e del suo strano invito.

Ora vieni qui tra le mie braccia e non pensarci più».

E fu una lunga e affettuosa notte d'amore, perché Elisa sentiva bruciare di sdegno e di rabbia il suo uomo, ancora una volta punito per essere una persona semplice, senza avi immensi e senza ricchezze alle spalle.

Per onore di cronaca va detto che avvenne tutto come previsto: solo si registrò l'assenza (e non la rinuncia) di Mandelli. Che fu anche commentata con parole sarcastiche da alcuni membri della commissione.

Il fax fu opportunamente smarrito.

La casa era ampia e isolata.
Alberi di alto fusto ne nascondevano la vista da occhi curiosi mentre, lontano, file di viti con le prime gemme iniziavano a rendere verdi le pendici delle colline, sopra il bruno cupo della terra e il grigio, quasi metallico, delle rocce.
All'interno gli uomini erano riuniti in un'ampia sala, nella quale ardeva un fuoco gagliardo in un camino di pietra. Sull'architrave del camino un'antica mano aveva inciso 1692 a. D., ma le cifre erano ormai poco leggibili. Le finestre erano piccole: una dominava verso la valle occidentale, l'altra controllava la stradina sterrata che, serpeggiando, congiungeva l'antica costruzione alla strada asfaltata. Sul davanti una circonferenza di pietre mostrava che era esistita in quella sede una torre di vedetta, ormai diroccata.
La stanza adiacente aveva due pagliericci, inchiodati alle pareti, e dal corridoio si partivano altre tre stanze, con letti di varia epoca e foggia che potevano ospitare una decina di persone.
Il bagno era esterno, piccolo sgabuzzino in muratura adiacente il fienile, il quale era stato tappezzato con spesse lastre di polistirolo espanso per garantire l'assoluta insonorizzazione. Dietro il fienile, la cui unica porta a livello del terreno era stata inchiodata ermeticamente dai giovani còrsi (vi si accedeva solo attraverso una botola), un'ampia legnaia era quasi vuota.
Il pavimento era di nuda terra ed erano ancora visibili gli attacchi per gli animali, con le mangiatoie in parte fradice per la muffa.
Nella cucina, al centro della stanza principale, un ampio tavolo era coperto da una dettagliata carta geografica, in grande scala.

«Questo è l'Adda, un fiume molto ampio su cui corre un ponte. Subito oltre il ponte, verso Bergamo, la strada è rettilinea, mentre verso Milano curva bruscamente (per inciso, proprio sulla curva è il luogo dove i nostri obiettivi dovrebbero andare a mangiare).

Se proseguiamo verso Milano, incontriamo il canale, la Muzza, che è sempre gonfio d'acqua, e il cimitero. Quasi un chilometro oltre la Muzza c'è una stradina che va nei campi, poi costeggia il canale e infine ritorna sulla statale Il piano è semplice. Insceniamo dei lavori: degli 'operai' bloccheranno la strada alle macchine che provengono da Bergamo, altri effettueranno il blocco in direzione opposta. L'unico problema è sincronizzarci perfettamente e bloccare le strade, mentre deviamo la sua vettura nei campi con cartelli che sembrino autentici, dell'ANAS».

«Cos'è l'ANAS?» chiese il più giovane dei due, un uomo tozzo, con occhi e capelli neri e sottili baffetti sempre in movimento, che portava con disinvoltura una pistola in una fondina ascellare, ma non nascondeva un pugnale alla cintura, una 'vendetta corsa'.

L'accento era impregnato di francese, ma il giovane parlava un italiano ben comprensibile.

«È l'ente che cura le strade, o almeno dovrebbe farlo. Noi ci dobbiamo procurare falsi cartelli stradali, due con scritto INTERRUZIONE, l'altro con DEVIAZIONE e una freccia verso destra.

A ogni blocco ci vorranno due-tre persone, con tute da operaio e bandiere rosse e verdi, giusto per far finta di regolare il traffico.

Poi dovremo anche avere delle (false) lettere di incarico dell'ANAS che ne giustifichino la presenza. Non si sa mai che passi una macchina della polizia. A questo provvedo io.

Le azioni saranno coordinate per telefono: prima viene bloccato il ponte, quindi la direzione per Bergamo immediatamente prima dell'arrivo del nostro obiettivo.

Il blocco sul ponte può essere rimosso subito dopo, l'altro dovrà attendere almeno che l'auto abbia raggiunto questo punto (saranno due o tre minuti) quando non sarà più visibile dalla strada. Il cartello con DEVIAZIONE sarà immediatamente sostituito dall'altro con INTERRUZIONE e poi rimosso.

Anche qui due falsi operai basteranno, ma tutti dovranno parlare un italiano comprensibile».

«U capu ha dato disposizioni precise – riprese Pascal – useremo solamente gente nostra, fidata. Ovviamente parlano italiano, perché saremo solo còrsi.

Fin qui va bene, prima e dopo cosa c'è da fare?»

«Una staffetta – riprese Sidoli rinfrancato – seguirà in moto l'obiettivo iniziando da villa Invernizzi. Da lì al blocco passeranno solo quattro o cinque minuti, quindi un altro uomo dovrà restare in coda alla macchina dal momento in cui Bucciantini prenderà Mandelli. Credo che saranno solo loro due; al più ci potrebbe essere la donna di Mandelli, che non ci darà problemi».

«*Ah, les femmes!* Spero che non ci sia, perché le donne portano male in queste operazioni. *Tant pis pour elle!*» concluse il còrso.

«Bene, la vettura del nostro uomo sarà bloccata qui, su questo sentiero vicino alla Muzza, dalle nostre due macchine, che si potranno nascondere tra i cespugli: ho visto che ci sono delle belle macchie d'alberi e delle siepi molto fitte.

Bloccata la macchina, recuperiamo gli uomini e ce la battiamo, mentre il traffico è già ripreso regolare sulla Rivoltana.

La macchina va bruciata, dopo aver tolto le targhe, compresa quella del telaio. Se c'è la donna con loro, ce la ficchiamo dentro. Per bruciarla servirà una latta di benzina e una miccia a lenta combustione: almeno trenta minuti ci basteranno per allontanarci.

Gli uomini dei blocchi stradali possono abbandonare laggiù il materiale usato e filarsela sulla nostra terza macchina, mentre i motociclisti ci anticipano.

La direzione è semplice: indietro verso Milano, quindi a sinistra verso Melegnano e da lì in autostrada.

Arrivati qui, possiamo nascondere le macchine nella legnaia dietro casa (ho controllato, ed è quasi vuota) però ci teniamo una macchina di scorta in valle, lungo la provinciale.

L'ostaggio principale sarà interrogato dal capo, che verrà qui subito, e quindi eliminato con l'altro.

Resta da decidere dove nascondere i cadaveri».

«C'est facil. A qualche centinaio di metri da qui la strada è a picco sulla montagna: se buttiamo giù i corpi non li troveranno mai.

Piuttosto, dovremo organizzarci per restare qui diversi giorni, quindi bisogna provvedere a cibo e bevande per tutti.

L'unica preoccupazione qui è costituita dalle comunicazioni telefoniche, sempre difficili, ma ho già acquistato dei telefoni VHS con cui ci manterremo in contatto senza timori che qualcuno ci possa sentire. Ne ho quattro, che sintonizzeremo sulla medesima lunghezza d'onda».

I due rifecero il giro dell'antica casa, controllando ogni accesso dalla strada: quando i primi abitanti l'avevano costruita dovevano aver pensato, prima di tutto, alla sicurezza. Eretta su un crinale, dominava le due valli ed era raggiungibile solo attraverso strette mulattiere, allargate quanto bastava a far arrivare le macchine.

La rete elettrica non era ancora giunta, ma un generatore a diesel con accumulatore garantiva il funzionamento del frigorifero, delle luci e dell'indispensabile televisione.

Le mura erano spesse, di pietra a secco, con strette finestrelle e una sola porta, che dava appunto sulla cucina.

Al fienile si accedeva solo dall'interno al primo piano e l'unica finestra era a diversi metri dal terreno. Un pozzo garantiva, da generazioni, acqua potabile in abbondanza.

Dopo aver analizzato ogni punto del piano i due conclusero: dieci uomini più Pascal sarebbero stati necessari. Ognuno armato con pistola. Ogni macchina avrebbe avuto anche un mitra Uzi a bordo. Ogni uomo, poi, avrebbe portato l'arma bianca preferita.

Sidoli vedeva lunghi Opinel che lo facevano rabbrividire, occhieggiare nelle tasche, mentre gli accoliti di Pascal si divertivano anche a utilizzare coltelli da lancio con una precisione degna di un Ninja.

Convennero poi che, di tutti gli uomini utilizzati per la prima fase, ne sarebbe rimasti nella casa solo uno con Pascal, Sidoli e il capo: avrebbero dato meno nell'occhio, e sarebbero stati sufficienti per ogni imprevisto; gli altri sarebbero immediatamente rimpatriati.

I prigionieri sarebbero dovuti essere legati e ammanettati nel fienile.

Una stanza doveva essere riservata al capo, notoriamente un po' schizzinoso e abituato alle comodità.

Da mamma Francesca

La via Fauché (ma chi mai era stato Fauché per meritarsi una via così ampia? Qualcuno diceva che era un generale di Napoleone) era animata già dal mattino presto: sull'angolo con via Koristka (altro mistero sull'origine del nome), Diego *"el pollireu "*, il titolare della bancarella dei polli arrosto, stava arrostendo alacremente schidionate di polli per i prossimi clienti, mentre al suo fianco i ragazzi di colore, stavano mettendo in mostra delle bellissime collane di (finte) pietre africane rigorosamente "made in China", e pregustavano qualche pollastrello che, almeno per quel sabato, avrebbe calmato la loro atavica fame. Diego non negava loro mai qualcosa alla fine della giornata.

Tra un banco di formaggi meridionali, dove provole affumicate contendevano lo spazio alle mozzarelle e alla porchetta arrostita (nel commercio bisogna diversificare l'offerta), e uno coperto da vasellame di dubbia qualità, che il venditore maneggiava con l'abilità del giocoliere, il piccolo banco di mamma Francesca spiccava: le primizie di frutta erano ben ordinate, con i ribes e le fragoline di bosco fra i passion fruit e cesti di ciliegie che avrebbero potuto essere utilizzate in un castone d'anello, sia per la loro bellezza, sia per il prezzo.

«*Tel chì la mè* tósa e el mè bagai» disse mamma Francesca, asciugandosi le mani nel grembiulone che al mattino era stato di un bianco immacolato, ma che nel primo pomeriggio portava ampi segni lasciati dalle ciliegie e dalle fragoline di bosco.

Già da qualche settimana aveva rinunciato ai guanti di lana, che lasciavano scoperte le punte delle dita, riservati ai giorni più freddi dell'anno.

Elisa, sempre lieta di rivedere quella che considerava la sua mamma adottiva, l'abbracciò, ma Francesca volle stringere al petto anche il giovane chirurgo, che tanto l'aveva intenerita per la sua buona volontà.

«Sei stato il miglior garzone che abbia mai avuto – gli diceva nascondendo, senza successo, una lacrima – ora mi devo accontentare di quel *négher lì, che l'è anca bón, ma el capiss nagott d'italian*».

«Cara mamma Francesca – la interruppe Sergio che sapeva di doverla arginare prima di sentire tutti i pettegolezzi da piazza Gerusalemme a via Cenisio – a parte il piacere di mangiare la tua frutta – tra parentesi questi ribes sono squisiti – manca anche a me il mercato, ma forse servo un po' di più in ospedale. Elisa mi ha detto che l'hai chiamata sul telefonino».

«Sì, e *l'era óra che la tósa* avesse un telefono. Bene. Da stasera siete miei ospiti per qualche giorno. Anzi, Sergio, aiutami a caricare le cassette sul camioncino, così non perdi l'allenamento».

Elisa, con la bocca piena di fragoline, non riusciva a parlare, ma nemmeno Sergio riusciva a dire nulla, mentre l'anziana signora gli faceva caricare la merce avanzata (pochissima, in verità) e rifiutava di spiegarsi.

«Stasera c'è brodo di porri, la mia specialità, e *pollón* farcito al forno: lo prendiamo dal *macellar* di Paolo Sarpi, quello con la campana, che me lo prepara. Poi vi dico tutto: anzi, fate un salto a casa vostra, ritirate *el mè pollón* e mettete qualcosa in una borsa, per stare da me cinque o sei giorni. Ma fate in fretta e state attenti perché *el gh'è in gìr di quèi barbón da fà stremizzi*».

La sera i due giovani finivano di bere il brodo «Mi ricorda un altro periodo – disse Sergio sorridendo – ma ora ci spieghi tutto questo mistero? »

Francesca intanto si era alzata e stava affettando il tacchino, farcito con le noci e cotto in forno.

«*Mi capissi nò*, ma è bene che Sergio resti in casa mia per qualche giorno; e anche tu, Elisa, non devi uscire da qui. Per il vostro lavoro, ha già provveduto qualcun altro a mettervi in … congedo, o qualcosa di simile. Eros, *el mè fioeu* mi ha detto che è bene che non vi facciate vedere in giro. Ha sentito strane voci su voi e quel giudice, e preferisce che scompariate dalla circolazione per un po'.

Piuttosto, dovrete adattarvi a dormire nella cameretta di Eros, ma starete un po' stretti – aggiunse maliziosamente – a meno che uno non voglia dormire sul divano qui in soggiorno».

Elisa, che si era accorta del sorriso di mamma Francesca, divenne tutta rossa, e le disse con un filo di voce: «Ci siamo fidanzati, sai!»

«Credevi che non me ne fossi accorta? Ragazzi, quando c'è l'amore, sono i vostri occhi che lo rivelano. E quando vi sposate?»

La loro luna di miele durò solo pochi giorni: mamma Francesca aveva scoperto di aver molto lavoro fuori casa, anche nei giorni senza mercato, e i due ragazzi, soli in casa, avevano ben poco altro da fare. Ma presto, troppo presto, Eros fece sapere che il pericolo sembrava passato, quando Sergio ricevette una telefonata da Bucciantini. «Ti devo incontrare: sai dov'è *el sciór Carera?*»

«Certo – rispose il giovane chirurgo – c'è un bar di fianco: ci possiamo bere anche un bicchierino».

«Il bar è ormai sparito, purtroppo, ed è stato sostituito da un negozio di abbigliamento. Comunque troviamoci, lì davanti, stasera alle cinque: ho bisogno di parlarti. Quando esci da mamma Francesca infilati in metropolitana e scendi a Duomo. Controlla bene di non essere seguito, e se qualcuno compie il tuo stesso percorso, scendi piuttosto la fermata successiva e riprendi la linea opposta. Se proprio qualcuno ti segue, quando scendi in piazza Duomo entra nella Rinascente, sali al primo piano ed esci dall'uscita secondaria, sul fianco del palazzo. Da lì imbocca il corso: ti raggiungerò davanti al ... mio collega di marmo».

Lungo il Corso il traffico di pedoni era, come sempre, intenso. Il giovane magistrato aveva legato la sua bicicletta a un palo della luce in Piazza Fontana, tra la Banca dell'Agricoltura, tristemente famosa, e l'Arcivescovado, dopo essere uscito dal Tribunale, aver percorso via Festa del Perdono in zona pedonale, fino a essere sicuro che nessuno lo seguisse.

Arrivato alle spalle del Duomo, si rilassò e percorse i primi metri di Corso Vittorio Emanuele come un turista qualsiasi, fermandosi a un botteghino a comprare un biglietto della lotteria (e osservare così se qualcuno si interessava troppo a lui).

Tranquillizzato individuò dopo qualche minuto la figura allampanata di Sergio, che continuava a guardarsi intorno con aria ansiosa.

«Caro Sergio – disse Mario raggiungendolo a metà della via – se fai così dai proprio nell'occhio. Fermati qui a prendere un gelato e stai un po' tranquillo. Per esempio, lustrati la vista con le turiste».

Passato un gruppo di giapponesi, guidati dall'immancabile guida con l'ombrellino ben visibile anche da lontano, i due furono fermati da due biondissime e altissime danesi che si erano visibilmente perse e che consentivano di osservare senza sforzo la tonicità dei loro muscoli addominali e la snellezza della gambe.

«Non male le ragazzine – disse il giovane toscano, che aveva sfoderato le sue conoscenze di inglese, tanto preziose quando era più giovane – ma non capisco perché si facciano fare quei piercing: già sopporto male il piercing al naso, ma all'ombelico proprio non mi va».

«Dovresti vedere quello che mi è capitato di recente: di notte, in pronto soccorso, mi è arrivato un ragazzo, con un piercing sul glande, che sanguinava come un vitello, mentre la ragazza non la finiva di ridere: solo con fatica siamo riusciti a capire che, sul più bello, lei ha fatto una mossa imprevista, e il suo piercing sulle piccole labbra si è incastrato con quello del ragazzo, che ha avuto la peggio. Ma ora spiegami perché mi hai voluto vedere qui, davanti a quella statua. Tra l'altro me lo ero sempre chiesto: sono perfettamente convinto che un magistrato dovrebbe essere una persona seria e incorruttibile. Tu che ci vivi, cosa pensi dei tuoi colleghi?»

«Se ti dicessi tutto quello che penso, qualcuno mi denuncerebbe per diffamazione: tra noi ce ne sono molti realmente seri, che credono alla Giustizia. Ma non posso fare a meno di pensare che tanti, troppi forse, riversino nell'amministrazione della giustizia le loro contraddizioni, i loro limiti. Se non di peggio: circola la voce che un magistrato abbia sempre e comunque dato ragione a una famosa agenzia immobiliare tutte le volte che è stata chiamata in causa.

Ho anche avuto occasione, da uditore, di dare un'occhiata a un suo fascicolo. Non ne voglio parlare, ma comprendo facilmente come abbia fatto quell'individuo a comprarsi una villa in Val d'Aosta.

Ma è solo un caso, credimi.

Piuttosto, ti ho voluto vedere qui per evitare che orecchie curiose possano sentire troppo.

Quando sei tornato dall'Honduras, mi hai solo accennato a cosa hai scoperto. O meglio cosa non hai trovato».

«No, un momento, non potevo mica andarmene nella foreste a cercare, se pure era rimasto, qualche osso umano. Poi non sono un investigatore: se lo preferivi, mandavi uno dei tuoi scagnozzi».

«Non te la prendere, ho sbagliato a parlarti così, piuttosto parlami ancora nei dettagli di quel viaggio. Ma quella lì – disse distraendosi mentre transitava di corsa una donna non più giovanissima - non ti pare che dovrebbe cambiare il reggiseno?»

«O forse metterlo, perché mi sembra destinata al titolo di miss gelatina – rispose Sergio, dopo un'occhiata alla ragazza che decisamente non avrebbe dovuto mettersi a correre esponendo a grave rischio la sua ghiandola mammaria – Ti riepilogo la situazione che ho trovato in Honduras.

Quando siamo arrivati in albergo, dove mi avevi detto che i due soci avevano soggiornato (per inciso, si trattano proprio bene), mi sono un po' guardato intorno. Mi è dispiaciuto vedere tanti nostri connazionali per nulla interessati alle bellezze naturali, che trascorrevano il loro tempo trascinandosi in camera delle ragazzine che non avranno avuto dodici anni. Di questi ho fatto un elenco con i nomi, se ti potesse servire.

Ho poi cercato il capo della polizia, un baffuto personaggio che assomiglia un po' a Pancho Villa, il quale si è sciolto quando ho fatto il nome del nostro Giani, ma è rimasto indifferente mentre parlavo del ministro. Gli occhi gli luccicavano, ricordando la generosità di Giani, e la piccola mancia che gli ho allungato davanti a un bicchiere di ottimo rum, o forse anche due, l'ha fatto un po' parlare, ma solo per confermare che lui è sempre disponibile a trattare bene *los italianos*. Anzi, se anch'io volevo ... ma no, ha concluso, *tiene una hermosa señorita y no necesita de niños*.

Mi è andata bene, perché voleva affibbiarmi qualche minorenne, comunque ho visto che non gli sfugge nulla: sapeva anche che non siamo ancora sposati.

Mi ha fatto conoscere poi il ragazzo che aveva sistemato tutto. Anche lui è sembrato facile preda della commozione vedendo sventolare dei bigliettoni verdi, e mi ha assicurato che il ministro ... qui si è interrotto e ha ripreso, l'amico del ministro, poteva stare ben tranquillo. Nessuno avrebbe mai saputo come era finito Felipe, lo sfortunato bambino. Poi se n'è andato dicendomi che la volta prossima ci avrebbe saputo consigliare lui qualcosa di meglio».

«Ma bene, quindi è stato il ministro a combinare il pasticcio, e Giani ha dovuto tirarlo fuori dalle grane. Per i nomi dei turisti italiani poi hai fatto molto bene: cominceremo a tenerli sott'occhio a seguirli nei prossimi viaggi e, vedrai, riusciremo a prenderli in flagranza».

«Ma che brutto mondo – riprese Sergio – non lo credevo tale».

«Anche nel tuo ambiente non sei destinato a vedere solo il lato buono, anzi: in pronto soccorso vedi proprio il male del mondo. Ma c'è ancora di peggio, quello che è dovuto ai potenti che si approfittano del loro potere, della loro forza, della loro totale impunità. Quando guardi la televisione, non ti stupisci nello scoprire, ogni tanto, qualche figliola che improvvisamente acquisisce notorietà e presenta programmi su programmi magari senza saper nemmeno parlare italiano? Beh, stai tranquillo che la signorina ha rallegrato il letto o il divano di un dirigente e sfrutterà la situazione finché una nuova ragazza offrirà al dirigente prestazioni ancora migliori. Ma questo a me, magistrato, non interessa: se una va a letto consenziente, beh, sono solo fatti suoi. È sul resto che non transigo, sui minori, sugli atti sessuali compiuti sui bambini, che non riescono a discriminare il bene e il male e credono ciecamente nell'adulto che abusa di loro; anzi, spesso più sono abusati, più si sentono in colpa, credono di essere loro i cattivi che inducono al male l'adulto».

Mentre i due passeggiavano verso piazza San Babila, Mario si accorse di aver alzato la voce e si riscosse: «Ma non parliamo di questo, io non ne faccio una crociata, solo spero di contribuire un poco per un mondo migliore.

Ti volevo parlare di un'altra faccenda: tu sei chirurgo e sei abituato a visitare anche ehm, le parti basse. Io non sempre posso utilizzare i medici legali consueti per visitare i bambini: di qualcuno mi fido, di altri proprio non riesco ad avere fiducia; certi poi non sanno proprio effettuare una visita medica o non vogliono assolutamente dedicarsi allo studio dell'abuso sessuale sui minori. Ti volevo chiedere se potevi studiarti la materia ed eventualmente iniziare a fare per me qualche perizia, magari le prime con altri colleghi più esperti. E non dirmi di no, come stavi già per fare. Ora non rispondere, ripensaci. Non ti arricchirai, con quello che paga lo Stato, ma sarà un'esperienza nuova. E poi c'è necessità di persone serie che lavorino in questo campo.

L'altro problema riguarda questi giorni, nei quali ho dovuto farvi traslocare: nei paraggi di casa vostra sono stati visti aggirarsi degli individui sospetti, che non siamo riusciti a identificare.

Nel dubbio che si interessassero a te, ho preferito agire così, ma purtroppo non sono riuscito a sapere nulla di più: ora sono scomparsi e credo che possiate ritornare a casa.

Tu non avevi mai osservato qualcosa di strano? »

Sergio era stupito, ma non mancò di rilevare che, in almeno due occasioni, aveva visitato in Pronto Soccorso dei pazienti che lamentavano strani e vaghi disturbi, parlavano con accento straniero, forse francese, e che si erano dileguati dopo la visita, avendo lasciato dei nomi e indirizzi risultati falsi.

I due rimasero a parlottare ancora per qualche minuto, girando tra Via Montenapoleone e Via Spiga, mentre osservavano abiti che sarebbero costati alcune mensilità del loro stipendio, quindi si lasciarono, senza essersi mai accorti che due persone li avevano seguiti molto da lontano con tecnica da esperti pedinatori.

Nel Consiglio Regionale della Lombardia

All'ombra del Pirellone, la vita ferveva con i consueti ritmi: i commessi si affannavano lungo i piani, carichi di scartoffie di cui la politica non riusciva a rinunciare; nemmeno in epoca di elevata tecnologia si riusciva a concepire che gli scritti potevano benissimo essere letti su computer: di conseguenza foreste intere venivano, e vengono, tagliate per fornire carta destinata al macero dopo pochi giorni.

Gli uffici delle Commissioni, il momento forse più importante dell'attività legislativa, vedevano i dirigenti impegnati in diversissime attività: di fianco a quella che faceva sgobbare le sue impiegate c'era l'altro, accanito lettore della Gazzetta dello sport, che viveva in completa atarassia di fronte alle richieste dei consiglieri di predisporre un documento o di ritrovare una pratica. E forse aveva ragione, tanto i consiglieri avevano perso quasi ogni potere, assorbiti dalla giunta e, per via gerarchica, dal Presidente. O meglio, dal Segretario Generale che è il vero capo assoluto, e nascosto, di tutta la Regione.

Lo studio del potentissimo Segretario Generale (la maiuscola è doverosa) è semplice, quasi monacale. Solo un anno aveva ostentato alle pareti un calendario Pirelli, dono di un potente, ma ben presto le gradevoli fotografie artistiche erano state soppiantate da altre, di paesaggi lombardi, molto più caste e consone all'ambiente.

Da quel piccolo studio viene controllato tutto quanto avviene in Regione e nulla sfugge, di molto o poco importante.

I consiglieri vengono lasciati liberi di sentirsi dotati d'influenza, di svolgere battaglie dialettiche in aula, di esercitare il loro potere sul territorio (magica parola), purché capiscano che il vero potere politico è saldamente in altre mani, alle quali devono obbedienza.

Naturalmente poi i consiglieri possono fare qualsiasi altra cosa che non arrechi disturbo ai loro capi. Così Tarozzi, che aveva ben compreso come stessero le cose, si accontentava di dare udienza ai questuanti e di scegliersi occasionalmente la donna che univa necessità impellenti a una gradevole fisicità e alla disponibilità di fare qualsiasi cosa pur di sperare in un buon esito della sua domanda.

Bisogna riconoscere che Tarozzi era, in fondo, una persona onesta, che non chiedeva prestazioni se non poteva ragionevolmente assicurare un esito positivo alla pratica, e che aveva un gusto molto raffinato nelle sue scelte.

Mentre, un pomeriggio, stava vagliando attentamente una pratica, e soprattutto la bionda ragazza con gli occhi azzurri e le lunghe ciglia che gliela stava sottoponendo, fu interrotto dalla telefonata di Sidoli. Si era quasi dimenticato della richiesta dell'antico amico, benché il ricordo della busta e del suo contenuto non fossero del tutto svaniti, quando fu richiamato alla realtà: «Ti vorrei vedere per quella faccenduola richiesta dal nostro comune amico. Se sei d'accordo, dammi la tua disponibilità per una sera a mangiare un boccone».

Il "boccone" si rivelò una cena succulenta a base di pesce e di frutti di mare, innaffiata da due bottiglie di Pinot del Collio (ne uscirono un po' alticci) e conclusa da un magistrale Bas Armagnac. Solo verso la fine Sidoli affrontò l'argomento.

«L'amico ministro ti chiede di valutare l'affidabilità di questo gruppo di donne: si erano costituite in sezione ambientale, legate al Ministro, ma sono giunte voci strane: c'è chi giura che starebbero per cambiare corrente, altri ci vedono lo zampino di un altro partito. A te viene chiesto di andare lì, con la scusa di un incontro sulle normative per la tutela dell'ambiente, e di "annusare l'aria." Il Ministro (e non solo lui) conta sulla tua capacità politica per intuire se la segretaria ha cattive intenzioni.

Ti ospiterà lei, nella sua villetta in collina, per le due o tre notti che ti serviranno. Ti preghiamo solo di non ... sciuparla troppo perché mi è parso di capire che sei ritornato il Tarozzi di una volta.

Per la data tieniti pronto: probabilmente fra due o tre settimane.

Ah, dimenticavo, il Ministro mi ha detto che ti ringrazia moltissimo».

Un altro scambio di buste avvenne, ma fu così rapido che, per poco, il cameriere non se ne accorse.

In San Babila

La chiesa di San Babila è dedicata a uno dei più antichi vescovi di Milano.
Piccola, in puro stile romanico e molto antica, è nel pieno centro della città ma, curiosamente, è trascurata dai turisti.
Al suo interno la navata è alquanto buia e i mattoni a vista contribuiscono al raccoglimento del fedele.
Nell'inginocchiatoio, posto di fronte all'altare della seconda cappellina di sinistra, una persona stava da molti minuti in raccoglimento, col viso tra le mani, davanti a un dipinto che rappresentava Santa Rita.
La fedele aveva fatto storcere un po' il naso al sacrestano che, da lontano, l'aveva osservata: i capelli biondi e lunghi erano sciolti sulle spalle e il cappotto bianco lasciava vedere con evidenza che la gonna della giovane era proprio un po' corta. Però la penitente era inginocchiata da molto tempo e il Signore –pensava- gradisce vedere il ritorno all'ovile della pecorella smarrita, più di quanto gioisca per le altre novantanove che mai si erano allontanate.
Dopo qualche istante l'anziano uomo, con il camice nero cosparso di chiazze di cera (il camice color porpora è riservato alla questua domenicale), scosse le spalle e si diresse zoppicando verso la sacrestia: «Quel benedett'uomo del parroco non mi lascia mai le cose in ordine - borbottò fra sé – e poi devo sistemare tutto io. Il mese scorso si era dimenticato di ordinare le ostie e sono dovuto correre a San Carlo per chiederle in prestito».
Quando si fu chiuso la porta della sacrestia dietro le spalle, un uomo col cappotto blu scuro uscì cautamente dall'ombra di una colonna e si inginocchiò dopo aver abbozzato una genuflessione e uno strano movimento con le mani che voleva significare un segno della Croce. Del resto era passato così tanto tempo, da quando faceva il

chierichetto, per esserne poi cacciato via a pedate perché il prete l'aveva sorpreso mentre beveva di nascosto dal fiasco il vino della messa, che era ampiamente giustificato per aver dimenticato come si faceva.

La ragazza era scossa da tremori, che si accentuarono quando sbirciò il viso tondo del fedele inginocchiato accanto: «È l'ultima volta, basta, poi me ne vado e torno a casa mia. Ora mi lasci stare».

«Cara, sei tu che mi hai telefonato perché non l'hai perdonata al tuo capo che ti ha mollata. Mi basta sapere il giorno e l'ora. E poi... se torni al paesello ti servirà un aiuto per comprare la casa. Qui c'è quanto basta, e avanza, per tutta la vita».

La ragazza allungò la mano verso una busta marrone (il bianco era troppo visibile) ma l'uomo non accennò a lasciargliela: «Dimmi la data!»

«La seconda domenica del prossimo mese, si trovano alle dodici. Ora mi lasci stare e non mi cerchi mai più».

Mentre scoppiava a piangere non si accorse nemmeno che l'uomo si era già dileguato, lasciandole tra le mani la pesante busta.

In quel momento uscì il sacrestano col Parroco: «Guardi lì, monsignore, è così da mezz'ora, in ginocchio e adesso piange».

«Il Signore le avrà toccato il cuore - sospirò l'anziano sacerdote – Santa Rita ha sempre fatto miracoli».

L'uomo intanto si allontanava a passo rapido, ma non affrettato, dalla chiesa, guardandosi intorno: si diresse dapprima verso la periferia e si fermò davanti alle vetrine di un negozio di stampe, fingendo di interessarsi alle eleganti partecipazioni di nozze e alle stampe antiche incorniciate.

Poi, sicuro che nessuno si interessasse a lui, ritornò sui suoi passi, verso la colonna in pietra sormontata da un leone che vigilava sul centro di Milano, e si infilò nella metropolitana, pensando: «Abbiamo abbastanza tempo per preparare tutto: Tarozzi è già sistemato a puntino, mi basta dare la data sia a lui che alla signora che lo ospiterà. Non potrà avere nessun alibi, perché quella è sì troia, ma non è scema e negherà di aver passato due notti con lui. Così ho il soggetto giusto da incastrare: il Ministro sarà contento, perché sono anche certo che stava per traslocare di partito. Ben gli sta!

I ragazzi corsi hanno terminato i sopralluoghi e sono pronti – continuò a riflettere fra sé – il materiale è stato preparato. Le macchine saranno rubate la sera prima e la casa è a posto, anzi, mando uno qualche giorno prima per scaldarla.

Il Ministro mi ha fatto sapere che, finita l'operazione, sarà tempo che rientri in politica, giusto per le prossime elezioni. Sono un po' in ritardo, ma recupero in fretta. Sì, ci sono già i manifesti di quella collega consigliera, però non mi impensierisce. Certo che la gente è strana: non si rende conto che quella sta tappezzando la città con le stesse foto che usava venticinque anni fa, alle sue prime elezioni? Ormai sembra che la candidata sia sua figlia».

Pochi giorni dopo era nuovamente a Roma, in un bed&breakfast in via Nazionale.

La casa, austera e nobile, si affacciava sulla chiesa anglicana di S.Paolo dentro le Mura, e i pavimenti in legno antico cigolavano sotto le suole del milanese, sempre stupito dai modi differenti escogitati da *Tiziano* per incontrarsi.

La giovane ed esuberante ragazza alla reception, riuscì a fargli comprendere in pochi minuti che era ungherese, che si manteneva agli studi facendo da *concierge* e che era molto disponibile ad arrotondare le sue entrate mostrando gli aspetti migliori di Roma e della sua rinomata accoglienza. Uscì dalla camera un po' delusa, non senza aver mostrato la televisione con schermo al plasma e il piccolo bar self-service.

Pochi minuti dopo bussò, nel modo convenzionale (due tocchi, una pausa, altri tre), il sottosegretario.

«A che punto siamo? – chiese innervosito al robusto milanese – dal Belgio mi stanno mettendo sotto pressione».

«Credo che ormai siamo a posto: ho deciso di concludere i piani. La casa del medico, l'assassino dei nostri amici, è sotto controllo: i miei amici corsi...»

«Zitto, non entrare in dettagli. Qui siamo sicuri, credo, ma non si sa mai. Ho prenotato la tua camera solo ieri. Da parte mia mi ero fatto, tempo addietro, una copia delle chiavi dei portoni, quando avevo utilizzato in passato questo B&B, così posso entrare e uscire senza che nessuno mi veda.

Se non c'è nessuno in giro me la svigno poi senza problemi. Però, non parlare in modo esplicito».

«Va bene – riprese Sidoli con un mugugno – ti dicevo che la casa del doc sembra controllata e lui è molto imprevedibile negli orari. L'unico punto fermo è l'ospedale, dove lo troviamo quasi ogni giorno, ma non mi sembra il luogo opportuno per una 'soluzione finale'.

Piuttosto ho saputo che i due si troveranno insieme tra pochi giorni e potremmo unificare i nostri piani. Forse c'è anche la ragazza, ma mi sembra un'oca. I nostri amici le tireranno il collo o, magari, si divertiranno un po'».

«Toglitelo dalla mente: qui ogni cosa deve essere fatta pulitamente. Se è di ostacolo, limitati a eliminarla. Altrimenti lasciala stare. Piuttosto, per quando sei pronto? »

«Da oggi la seconda domenica: tu cosa intendi fare? »

«Dimmi dove si concluderà la faccenda e ci penserò io ad arrivare, ma bada: se qualcuno resta sul posto deve essere irriconoscibile. Io voglio l'obiettivo principale, e lo voglio vivo. O abbastanza vivo – proseguì ridacchiando – da poter parlare un po'. L'altro, pensandoci bene, ci può servire da ostaggio, per ammorbidire le resistenze».

I due proseguirono per un paio d'ore, mentre ormai le ombre si allungavano su via Nazionale e aprivano i ristoranti che garantivano menù tipici romaneschi in sette lingue, a prezzi da gioielleria, preparati con genuine materie prime a chilometro zero, surgelate in Cina.

Pochi giorni dopo, nell'ampio ufficio che domina Roma si incontrarono il Ministro e Giani.

«Caro Cesare – disse il Ministro soddisfatto – devo esprimerti la mia soddisfazione e ... Ti aggiungo una sorpresa. Ho finalmente parlato col mio collega, quello importante: di lui dicevano che era una checca. Ma che checca! È con noi pienamente. Quando gli ho passato l'ultimo arrivo che mi hai dato, mi ha immediatamente concesso il finanziamento per quelle due o tre cosucce che dovevamo fare nelle nostre regioni. È entusiasta, credimi, solo che ha bisogno di essere un po' stimolato.

Sta per fare un viaggetto in Brasile e mi sono ricordato che tu conoscevi ... qualcuno a Fortaleza: gli ho raccomandato di portarti, come consulente. Parti fra quaranta giorni. Al ritorno il grande salto: ci sarà un rimpasto e ti sarà assegnato il ministero per l'infanzia.

Il nostro segretario nazionale ha già approvato ed è d'accordo con me che tu sia proprio la persona più adatta».

Mentre il fumo del sigaro riempiva ogni angolo dell'ampia stanza, perfino la povera Vergine del '400 stava per tossire, il più giovane restava muto.

«Non mi sembri contento della notizia, mio caro Sergio: se sei preoccupato per le nostre faccenduole, stai tranquillo perché Sidoli mi è sembrato proprio un tipo sveglio, che potrà provvedere a tutti e tre. Basta finanziarlo».

«È di questo che ti volevo parlare: dal Belgio hanno deciso di agire. Fra una o due settimane i ragazzi entrano in azione. Ho già spedito le istruzioni a Tarozzi, che parte sabato. La nostra amica segretaria è già un bollore: conosce te, politicamente, e Tarozzi per il suo noto appetito. Faranno faville.

Domenica poi Sidoli regola tutto, ma io dovrò stare assente almeno uno o due giorni, il tempo necessario a far parlare quel maledetto. Poi ho già soffiato a un giornalista che Tarozzi è da quelle parti, così il suo alibi salta. Saranno tre giorni di fuoco, ma mi rassicuri con queste speranze».

«Non sono speranze, sono certezze: il rimpasto è necessario e anche il capo del governo ha capito che ha bisogno di me. Così, mi sono creato una spalla formidabile. Dammi retta: termina rapidamente quel passaggio, se proprio devi. Secondo me ormai potresti anche lasciarlo stare quel magistrato».

«Non si può più: gli uomini sono in posizione e *Re Leone* vuole risultati. Se non decapitiamo la testa della magistratura che lavora contro di noi, corriamo il rischio che la malattia infetti tutta l'Europa. Non sono un uomo d'azione, ma se non lo facessi avrei timori addirittura per la mia incolumità. Tu resta lontano, non devi sapere nulla di più, ma stai pronto a mettere in azione la stampa».

Il piano di cristallo del tavolo era lucido, tirato a specchio: la segretaria sapeva che il Ministro era maniacale e che un'impronta, una traccia di sporco, lo facevano urlare, dato che voleva che almeno qualcosa di pulito ci fosse nel suo ministero, eppure il Ministro vi lasciò cadere della cenere, col dito tremante: «Ma non ci sarà pericolo per me ... voglio dire, per noi?»

«L'unico che sa tutto è *Re Leone*, quindi tu puoi contare sull'anonimato assoluto. Io so che corro qualche rischio, ma lavoro con professionisti. Spero che Sidoli sia all'altezza: quell'uomo è trasformato da qualche tempo, lavora bene, preciso e silenzioso, lascia perdere le donne; si accontenta di fare la cresta su quanto gli passiamo, ma lo prevedevo. Basta così! Ci risentiremo la settimana ventura: al peggio rovesceremo tutta la colpa sul Presidente».

Mentre il sottosegretario usciva, il Ministro lasciò vagare il suo sguardo sulla lontana cupola di S.Pietro, trasse un profondo respiro ed estrasse, da un cassetto chiuso a chiave, alcune interessanti fotografie.

La villetta sui colli

Tarozzi percorreva l'autostrada sfregandosi le mani mentre il sole ormai calava: il ministro era stato molto generoso (evidentemente gli stava a cuore quel gruppo di donne e la loro sezione: già, le donne in politica, quando si impegnano, possono essere formidabili e l'aspettativa era di due o tre giorni di fuoco).

Intanto l'appuntamento era stato fissato in un ristorantino in montagna, dove Irina, la segretaria della sezione, lo attendeva davanti al caminetto acceso. Il vino e il buon cibo saporito (certamente non la timidezza) cospargevano di un rossore diffuso le guance della donna, che ben presto cominciò a dare del tu al buon Antonio: avevano iniziato la cena seduti di fronte, lui sulla sedia, lei sulla panca che fronteggiava il camino, ma giunti al dolce erano già spalla contro spalla e parlavano a voce bassa, ma non di politica.

«È la prima volta che vieni tra noi, ma ti devo rimproverare: tu, che sei consigliere di una regione così importante, non dovevi trascurarci in tutto questo tempo».

«È il maledetto lavoro: sempre stare dietro al mio territorio elettorale, correre a Roma a leccare il sedere ai dirigenti nazionali, poi c'è il lavoro in commissione e consiglio. Non riesco mai a tirare il fiato. Piuttosto, il tuo invito mi ha realmente fatto piacere: sarei venuto prima, se ti avessi conosciuto».

Il vino e il fuoco del caminetto inducevano un gradevole calore, ma i due restavano stretti, spalla contro spalla, coscia contro coscia, mentre l'uomo approfittava del buffo modo di ridere di Irina, che si curvava sempre in avanti, per ampliare le sue conoscenze su ciò che celava (o meglio, mostrava) il vestitino nero. Il seno era un po' piccolo per i suoi gusti, ma con capezzoli sempre eretti che il vestito sottolineava. Era comunque sodo e si sosteneva senza reggiseno. Aveva anche osservato, nel raccogliere il tovagliolo lasciato ... sbadatamente cadere sotto il tavolo, mentre Irina seduta all'inizio di fronte a lui accavallava le gambe in stile Sharon Stone, che portava un delicatissimo tanga beige trasparente. Le cosce erano magre, sode e nervose, in linea col carattere deciso della ragazza, ma diventavano dolci quando lei si rilassava e le divaricava un poco. Il resto era un mistero da conoscere.

Da parte sua la ragazza aveva tenuto gli occhi ben aperti: non gli era sfuggita la fronte alta, con i capelli che iniziavano a mostrare qualche stria bianca «ottimo – aveva pensato – odio gli uomini che si tingono i capelli», la decisione con cui l'amico si muoveva e la sicurezza con cui aveva ordinato per entrambi la cena, scegliendo un ottimo vino, e concludendo con una bottiglia di Dom Pérignon, e aveva ammirato anche la forza fisica, quasi animalesca, che traspariva dal consigliere lombardo.

«Cosa facciamo dello champagne? Lo lasciamo qui?» chiese Antonio alla fine della cena, con voce un po' incerta. «Ma sei matto? – rispose severamente Irina - L'abbiamo pagato e ce lo portiamo a casa: buttare via questo nettare è un delitto».

Tenendosi per mano percorsero i pochi metri che li separavano dalla villetta che Irina aveva già preparato, sullo stile della canzone di Lucio Battisti "innocenti evasioni": il caminetto era acceso e il frigorifero pieno. Mancavano le pelli di tigre per terra, ma non ce ne fu bisogno.

«Ora basta, fammi andare a fare la pipì – biascicò Irina dopo qualche tempo mentre la mano di Antonio le impediva ogni movimento – non riesco a resistere se mi tocchi ancora».

Si ritrovò sollevata in braccio e messa sulla tazza del bagno senza accorgersene «Sei proprio un peso piuma, ma ti arrendi di già?» «Non sono abituata a fare pipì con un uomo qui davan... oh! Lasciami il seno, no ... continua, va bene, va bene così».

E, diventando rossa davvero (era la prima volta da anni)

lasciò che l'uomo le stesse davanti e l'accarezzasse mentre lei, finalmente, si liberava dell'eccesso di liquidi bevuti. «Ma ora tocca a te».

Come Antonio terminò, lei gli saltò in grembo, lasciandosi penetrare senza difficoltà «ma come fai a fare pipì quando ce l'hai così grosso?»

La risposta non arrivò perché l'uomo si alzò, tenendola per le natiche, e la depositò delicatamente di traverso sulla poltrona più vicina, testa in giù e bacino in alto, curvandosi poi su lei fino a sentirla ancora gemere.

La battaglia continuò, con alterni vincitori, mentre Irina passava dal "clintonizzare" Antonio a una sottomissione totale. E fu così fino al mattino, quando un forte caffè diede loro l'energia per una doccia, insieme, seguita da un altro rapido approccio. «Stasera saremo ancora qui, dopo l'assemblea, ora ci dobbiamo togliere la puzza dello champagne dal corpo. Altrimenti chissà cosa penseranno di noi. Per cena, ho pensato che potremmo accontentarci di quanto ho messo nel frigo: non si sa mai a che ora le mie donne vorranno lasciare andare un uomo come te. Ma se una ti guarda troppo le spacco il muso».

Finalmente uscirono, col sole alto e tenendosi per mano lungo i prati verso il torrente che scendeva dalle gole. Dietro alcune rocce riuscirono a farlo ancora, nudi «è più emozionante qui, all'aperto» diceva lei ansimando, e terminarono con un bagno in una pozza cristallina «devo sempre fare la pipì, dopo» diceva Irina.

Poi, mentre Antonio asciugava Irina sdraiata sull'erba mollemente, con braccia e gambe divaricate, le chiese: «Ma scusa, mi dicevi che anche tu sei sposata: e tuo marito?» «Il nostro è un matrimonio molto buono e lui è proprio caro. Ma il suo impegno principale è quello di far soldi, tanti soldi. Ora è in Francia a comprare, o vendere, non ho capito, degli immobili in Costa Azzurra. Poi, beh non è molto interessato alla vita matrimoniale e tocca a me, ogni tanto, risvegliarlo, giusto quelle due o tre volte all'anno. Il resto per lui non è molto importante e sa che non deve ficcare il naso nella mia vita politica. Piuttosto i problemi li ho io, perché in una città piccola come la mia non mi posso mettere con uno del luogo: la mattina dopo non solo lo saprebbe il parroco, ma ci sarebbe un'interpellanza in consiglio comunale. Devo quindi aspettare qualche ospite o andare a Roma. Però anche tu sai che il nostro amico ministro è una persona cara, ma non è precisamente un seduttore: piuttosto ti devo tirare le orecchie – disse ridendo, mentre si metteva seduta col seno a pericolosa distanza da Antonio – per essere venuto tra noi solo adesso. Mi spiace (anzi, no, non mi spiace davvero), ma vedo nel tuo futuro una bella serie di incontri sul tema dell'ecologia e della natura. Su questa non scherzi mica! Ma... mi vuoi parlare di tua moglie o non ti va?»

«No, figurati: anche il nostro è un matrimonio molto buono; purtroppo, da quando ha perso un bambino al sesto mese di gravidanza e ha capito di non poterne più avere, si è come ... ritirata: la vita sessuale non la interessa, quasi la disturba. Si è rifugiata nella pittura su ceramica ed è felice quando dipinge. Oh, mi capisce, sa che qualche piccola esigenza me la devo togliere, ma le basta che "non si dia scandalo" e tutto va bene: anzi, potremmo far conoscere i nostri coniugi: credo che se la intenderebbero benissimo» conclusero all'unisono i due, scoppiando a ridere.

Ci misero ancora del tempo, in quel piccolo angolino tra le rocce e il torrente, che occuparono anche chiacchierando, ma lei dovette fare pipì diverse volte prima di ritrovare i vestiti e ritornare alla villetta.

Nel pomeriggio erano trasformati: lei con un severo abito accollato e pantaloni molto in stile "donna in carriera", lui in giacca e cravatta.

Sostennero l'assalto delle amiche, mentre Tarozzi cercava di capire se la fedeltà verso il ministro era assoluta, come protestavano, o se c'erano note false. Decise che l'unica persona che poteva chiarificare tutto era Irina: le donne pendevano dalla sua bocca e lei le faceva parlare come se avessero avuto reale autonomia, mentre guidava la discussione con mano ferma, dando e togliendo la parola col sorriso sulle labbra, ma con decisione inflessibile.

Gli sarebbe toccata un'altra notte di duro lavoro, o forse addirittura due.

La preparazione

Le viuzze dietro Via Paolo Sarpi sono ormai occupate da un esercito di cinesi: poche migliaia secondo la questura, decine di migliaia secondo i residenti che non si stupiscono più nel vedere questi distintissimi orientali presentarsi ad acquistare negozi, appartamenti, interi stabili con vecchie valigette (made in China, ovviamente) stracolme di pacchi di banconote.

Ai margini di Chinatown prosperano alcuni miserabili alberghetti a una stella, che danno ospitalità a chiunque: i prezzi bassi consentono di avere le stanze sempre piene. Basta pagare in contanti e non storcere il naso per qualche fessura nei muri, qualche letto traballante, o per delle lenzuola il cui candore si è perso nella notte dei tempi.

Un gruppetto di ragazzi francesi, di poche parole, che parlavano un dialetto gutturale incomprensibile, si installò in via Saronno, pagando anticipatamente per occupare cinque stanze per una settimana.

Gli occhietti vispi del padrone, basso, cicciottello e con un riporto che non riusciva a mascherare la calvizie avanzata, luccicarono quando videro il mazzo di banconote: «state tranquilli, questo è un albergo dove nessuno vi disturberà, ma esigo il massimo silenzio in camera».

Gli stranieri in realtà non fecero alcuno schiamazzo: uscivano la mattina presto per rientrare la sera; solo qualche bottiglia di barbera li accompagnava, ma nessuna donna (il padrone temeva sempre l'incursione della 'buoncostume') venne a tener loro compagnia.

Due grosse moto con targa francese furono parcheggiate in un garage di Via Poliziano (la piazza Gerusalemme era troppo a rischio e di delinquenti se ne trovano sempre troppi in giro!) e ogni mattina venivano recuperate e accuratamente lucidate per rientrare solo la sera tardi.

Ogni sera i dieci giovani si riunivano in un bar, sempre

differente, della zona.

Il Bar XXI Secolo fu prescelto per l'incontro conclusivo: la saletta in fondo al locale era isolata e ben controllabile e il sabato sera nel bar si trovavano solo appassionati del lotto e qualche coppia di passaggio. Sui due tavolini c'era una bottiglia di Pastis e qualche bicchiere di vino rosso.

«Certamente gli italiani devono avere strade ben conciate – disse uno, coi baffetti sottili e un velo di barba nera – perché ho visto che è facilissimo trovare un SUV: ce n'è a centinaia».

«*C'est pas vrai, c'est question de mode. Ah, les italiens* !»

«Il posto migliore dove rubarne una è vicino a un locale di quelli moderni, dove i ragazzi vanno a bere e ballare. Ce n'è due in Via Pier della Francesca che vanno benissimo: lì, parcheggiano tutti sul marciapiede e se una macchina sparisce penseranno che è stata portata via dai vigili. Basta stare in strada, adocchiare la macchina giusta e rubare le chiavi al guidatore mentre beve nel locale: nella confusione ognuno viene continuamente spinto e strattonato ed è facilissimo sfilare delle chiavi di tasca. All'uscita sarà troppo sbronzo per ricordarsi di cosa è successo».

«Così, fino a domani nessuno si impensierirà troppo – riprese Pascal, il capo – ma ora dobbiamo coordinare i movimenti: *toi, Luc, tu a déjà mis tout à sa place, n'est-ce-pas?*»

«*Bien sur* - borbottò il più basso, un tracagnotto con muscoli che straripavano dalla camicetta azzurra, ma che continuava a scuotere la testa – *tout est déjà près du canal*».

«*Alors*, domani Jean segue l'obiettivo da Via Pacini, alternandosi con Serge: non state mai troppo vicini alla macchina, che è una Punto azzurra; ad ogni buon conto vi ho già inserito un localizzatore GPS. Davanti alla villa Jean supera la Punto e viene ad avvisarci e a darci man forte. Da adesso basta vino e alcolici. Domani bisogna coordinare tutto *parfaitement*.

Nella mia macchina sarà l'italiano, il capetto locale: con me e François, l'autista, vengono Luc e Henry.

Gli altri due vanno portati da Antoine oltre il ponte, dove avete già nascosto l'altra macchina, la Panda: finito il colpo, prendete a bordo gli altri due, vicino alla Muzza, e vi precipitate verso noi lungo questa strada mentre le moto se ne vanno. Quando ci avrete raggiunti, nascondete la macchina e mettete gli abiti da lavoro in un sacco. Noi vi raccogliamo e ce la svigniamo. Ma badate bene: non ci fermeremo che qualche minuto, quindi dovrete essere velocissimi.

Se voi foste in ritardo, o se nasce qualche intoppo, andate lungo la statale fino a Bologna e da lì prendete un treno per Genova e Savona, dove vi imbarcherete per la Corsica: il traghetto è alle 17.00 e arriverete a Calvi la mattina. Le moto faranno lo stesso.

Il materiale per bloccare la strada è nascosto dietro una siepe e ognuno di voi due sa bene dov'è: dei cavalletti, dei cartelli, qualche zappa e una vanga, i documenti falsi. Ci teniamo in contatto col radiotelefono. Avete domande? »

«*Oui*, se c'è la ragazza che facciamo? E se i due reagiscono, possiamo sparare? »

«Se abbiamo catturato i due uomini la ragazza deve sparire: una botta in testa, poi la mettete nella macchina del nostro bersaglio; – riprese il capo – se invece il medico muore, prendete lei come ostaggio. L'altro, l'obiettivo principale, non deve assolutamente morire. Usate i coltelli se proprio servono, ma le armi da fuoco solo se assolutamente necessario, perché siamo molto vicini alla strada. Vedrete che tutto andrà bene se nessuno perde la testa».

«*Non, je ne suis pas tranquille, une femme amène toujours de la malchance*».

« *Tais-toi, Luc* – riprese Pascal - *s'il-y-a quelqu'un d'autre qui croit à la superstition peut le dire au Capu quand l'on revient en Corse* ».

Tutti scrollarono la testa.

«*Bien*, tutti sapete cosa fare. Non ammetterò errori».

Nella notte, in via Piero della Francesca, un ragazzo alquanto alticcio fu sbeffeggiato dalla compagna all'uscita dal locale: «se non ti ricordi dove hai messo la macchina, finisce che non ti ricordi nemmeno come si fa a farlo» e fu lasciato in mezzo alla strada, dove invano cercò di smaltire le massicce dosi di margarita e di caipirinha, finché decise di ritornare a piedi e di ripensare alla macchina, e alle chiavi scomparse, solo la mattina dopo. Certo che la ragazza appariva disponibile ed era proprio ben fatta, con quell'abitino scollato e la gonna che copriva (si fa per dire) appena le anche.

Il malcapitato incontrò un compagno di sventure poco oltre, anch'egli in cerca della propria macchina, che si lamentava che l'amica l'avesse piantato: «stasera c'è un'epidemia di sfiga e di stronze. Dai andiamo all'Honky Tonks. Magari ne rimorchiamo un'altra». Oscillando un po', si infilarono, per errore, nell'"Ice bar" di Piazza Gerusalemme, dove si moriva di freddo, che però li snebbiò quanto bastava per farsi una vodka svedese e per conoscere due ragazze irlandesi dai capelli rossi e con le efelidi, a Milano per studi universitari di arte. Le due li condussero nel loro appartamentino, uno di quelli affittati a prezzo carissimo agli studenti, ma ben arredato, con due divani – letto matrimoniale e tutti i servizi. Perfino il bagno in casa e non sulla ringhiera.

Bisogna riconoscere che la fantasia di Jane e Carol, fece loro dimenticare la scomparsa della macchina e che i due malcapitati vissero una notte a quattro realmente indimenticabile, fino a crollare tutti, alle prime luci dell'alba, in un groviglio nel quale era difficile capire a chi appartenesse il sedere, il seno e i capelli rossi che qua e là emergevano.

Mentre i quattro riposavano, russando della grossa, le due macchine partivano silenziosamente, alle prime luci dell'alba.

Alla mattina

Di buon'ora una Mitsubishi Pajero raccolse un insonnolito personaggio, un po' rotondetto e molto agitato. «Ma come sei vestito? – disse Pascal guardando Sidoli che era sceso con giacca a doppio petto – per favore, vestiti in modo più pratico! Non stiamo mica andando a un ricevimento».
Sidoli ridiscese con lustri pantaloni blu e una giacchetta scamosciata che fecero sorridere il còrso, il quale lo caricò a bordo sogghignando e lo condusse attraverso la città, verso Linate.
Superato l'aeroporto percorsero lentamente la strada, fecero benzina in un distributore aperto di domenica solo come self-service, finché, arrivati circa al quindicesimo chilometro, si infilarono in una stradina sterrata, che arrivava alla Muzza ed era protetta da fitte siepi.
Dietro una stretta curva nascosero la vettura ed estrassero tutto il materiale necessario per il blocco stradale.
Luc e l'altro còrso indossarono le divise da operaio dell'A-NAS e si disposero ad aspettare sul ciglio, mentre stavano in contatto tra loro con i radiotelefoni. Videro passare Antoine, con gli altri 'operai', a bordo della massiccia Kia verde scuro e iniziarono a preparare i cavalletti, mentre anche l'altro SUV rientrava e si appostava dietro la siepe per chiudere la ritirata al magistrato.
A mezzogiorno, in via Pacini si fermò una Punto azzurra vicino a una coppia che attendeva sul marciapiede; la ragazza, bruna e con i capelli raccolti da uno chignon, scoppiò a ridere guardando i due giovani:
«Finalmente vi vedo vestiti senza la giacca e la cravatta» esclamò Elisa.
«Almeno di domenica mi metto jeans e camicetta – ribatté Mario – altrimenti impazzirei sempre in tiro».
«Tu sei solo – chiese Elisa mentre giocherellava col suo telefonino – o andiamo a prendere anche la tua fidanzata?»

«No, in realtà sto da qualche settimana con un'avvocatessa. Però oggi deve lavorare in studio: si interessa di diritto
amministrativo, che per me è noiosissimo, e per domani
deve preparare una comparsa. Ma non importa: avremo
altre occasioni per presentarvela; oggi stiamo tranquilli
noi tre. Vittorio ci ha preparato un pranzetto coi fiocchi
e mi ha detto che ha anche trovato del formaggio stagio-
nato nella latteria vicina. Sai, quello con la crosta marrone
che ha un profumino...».

«Una puzza – interloquì Elisa – vorrai dire! »

«No, no, è proprio un aroma delizioso: devi provarlo
spalmato sul pane casereccio mmh! »

Gli occhi di Bucciantini scintillavano mentre si guardava
intorno: lungo la via Pacini non c'era nessuna macchina
sospetta. Intanto Sergio, rivolgendosi a Elisa che si apprestava a salire in macchina sui sedili posteriori, le chiese:
«Ma cos'hai oggi, che cammini come una paperottola?»

«Niente, te l'ho detto, sono solo un po' stanca. Siete pronti
a fare un bel bagno? - continuò Elisa sorridendo – io ho il
costume con me».

«Spero proprio che Vittorio abbia aperto la piscina, altrimenti possiamo sempre fare un bagno nel laghetto - rispose Mario - comunque anch'io ho portato il costume».

Giunti alla periferia di Milano Sergio cominciò a diventare irrequieto: «Dov'è il mio telefonino? Me l'hai preso
tu?» chiese ansiosamente. «No – rispose la ragazza - sai
che non vuoi che te lo tocchi: l'avevi lasciato in cucina sul
tavolo, vicino alla tazza del caffè. Se hai messo via la tazza
in lavastoviglie dovresti averlo visto. Se te ne sei dimenticato, come al solito, hai lasciato lì anche il tuo telefono».

«Alla lavastoviglie potevi pensare tu, oggi che è domenica».

«Caro, ma tu non lo fai neanche negli altri giorni: almeno
oggi, che non stavo bene, potevi pensarci tu mentre io ero
in bagno».

«Elisa, mi spiace – disse Mario – ma se non stai bene possiamo rimandare. Per le stoviglie, poi, non te la prendere tanto con Sergio: ho il dubbio che tu lo stia un po' viziando. Io ho dovuto abituarmi, da scapolo, a sporcare il meno possibile e a sistemare tutto. Lo confesso – aggiunse sorridendo – quando mi capita un'amica in casa non posso farle trovare tutto sossopra, né tanto meno farla rassettare: in quel poco tempo libero dobbiamo pensare ... ad altro... Davvero, potevamo scegliere un'altra giornata».

«Non ho nulla di speciale, solo un po' di nausea: poi una giornata come questa non potevamo perderla proprio: senti i profumi della campagna, sono stupendi! No, forse non ho digerito la cena ieri».

«Proprio non ti ho capita ieri: tu che non ami la carne – grugnì Sergio - hai voluto una tartare di filetto di cavallo; è una mia specialità, d'accordo, ma per te è pesante, e poi, dove li senti tutti questi profumi?»

«Ragazzi, ora non discutete – disse Bucciantini ridendo – e poi per così poco. Stiamo per farci una bella nuotata nel laghetto, poi mangeremo qualche leccornia e ci riposeremo al sole. Sarà una giornata senza problemi, anzi, finalmente lontana dai nostri problemi».

Stavano passando proprio davanti a Villa Invernizzi ed Elisa volle che si fermassero a osservare dei cervi brucare liberi nell'ampio parco, mentre si sentiva il grugnito dei cinghiali poco lontano.

Risaliti in macchina, Sergio diede un'occhiata nel retrovisore: «Ma non ti pare di aver già visto quella moto anche prima?»

In quell'istante la BMW, un modello R 1150 R, accelerò e li sorpassò rombando, fino a diventare un puntino in fondo al rettilineo. Il volto del guidatore era celato dal casco integrale, rosso con leoni ruggenti.

«Caro Sergio, lascia a me le preoccupazioni investigative. La moto l'avevo vista, ma solo dall'Idroscalo, poi era sparita; adesso è andata, non te ne preoccupare. Ha una targa francese, come quest'altra Yamaha R6 - che bella!

per inciso - che ci sta superando adesso: saranno due amici in gita».

Mentre la Punto procedeva, furono dati secchi ordini con un radiotelefono e alcuni operai dell'ANAS cominciarono a bloccare lo scarsissimo traffico della statale in direzione di Milano.

«È un'interruzione di pochi minuti, per lavori urgenti, state tranquilli» dissero a un nervosissimo guidatore di un camper che continuava a litigare con la moglie perché i due figlioletti facevano troppo baccano mentre rientravano a Milano.

Poco prima della Muzza comparvero le due moto: subito dietro la seconda furono messi dei cavalletti, mentre un operaio si apprestava a deviare il traffico lungo una stradina sulla destra.

Trascorsero cinque o sei minuti senza che altre macchine comparissero, finché si avvicinò una Punto azzurra che rallentò fino a fermarsi di fianco all'uomo che reggeva una bandiera rossa.

«Dove andate? - chiese cortesemente l'operaio al guidatore della Punto – ah, bene, se dovete proseguire fino al Torrettone, percorrete questa stradina che vi farà scavalcare la Muzza fra trecento metri: lì vi ritrovate davanti al cimitero; girate a destra e siete arrivati, evitando i lavori. Altrimenti potete rimanere qui, ma la strada resterà bloccata per una buona mezz'ora».

Senza esitazioni la Punto si diresse verso la campagna, in una stradina sterrata che puntava verso il canale, mentre l'operaio, anche se la strada era quasi deserta, sostituiva rapidamente il cartello "DEVIAZIONE" con un altro che recava la scritta "INTERRUZIONE."

Quando la macchina azzurra scomparve dietro una siepe sparirono magicamente anche i cartelli, i cavalletti furono abbandonati nel fosso, un secco ordine fu dato per radiotelefono agli altri colleghi, che lasciarono transitare il camper, e i còrsi si tolsero le divise da falsi operai, le misero in sacchi neri che gettarono nel fossato e salirono in macchina. Le due moto intanto avevano invertito direzione e si erano appostate davanti alla stradina da cui dovevano uscire i complici.

La terza macchina che trasportava gli operai, si accostò al ciglio della strada e ne scesero i còrsi.

In realtà il piano era proceduto quasi perfettamente.

La Punto viaggiava piano nella stradina, poco più di un sentiero, mentre i tre occupanti parlavano ed Elisa giocherellava col suo telefonino, finché furono bloccati, dietro una curva verso destra, che sfiorava la Muzza, da un fuoristrada, posto di traverso a ostruire il passaggio, che si era celato dietro un fitto cespuglio.

Una seconda macchina, nel frattempo, aveva aggirato la siepe e ne erano scesi alcuni uomini armati, col viso coperto da un passamontagna, chiudendo ogni possibilità di fuga.

Avvicinatisi alla macchina di Mario avevano cercato di aprire le portiere, che il magistrato era riuscito a chiudere dall'interno, finché uno degli assalitori aveva rotto un vetro e azionato lo sblocco.

Elisa era rimasta ferma sui sedili posteriori, quasi paralizzata, mentre i due uomini furono estratti con violenza dalla vettura. Appena sceso, Bucciantini si scagliò a testa bassa contro il suo assalitore, ma il còrso, certamente più esperto in risse, riuscì a torcergli un braccio che si spezzò con un rumore secco. Il magistrato crollò, immobilizzato dal dolore.

Sergio fu estratto con violenza dalla macchina a opera di un altro bandito, che si rivolse quindi verso Elisa, ma fu aggredito da Sergio, infuriato nel vedere lo sconosciuto afferrare la propria donna e gettarla per terra.

Il còrso si voltò rapidamente, estrasse l'Opinel che teneva nella giacca e con un fendente ferì al petto il ragazzo, che iniziò a sanguinare e cadde. Convinto di averlo eliminato si rivolse ancora verso la ragazza, col pugnale in mano, ma fu sorpreso da un violentissimo pugno di Sergio che lo colpì alla tempia sinistra.

La testa di Luc oscillò violentemente, urtando con un secco scricchiolio lo spigolo della portiera. Mentre il sangue scendeva lungo il volto e il collo dell'uomo, che spalancò gli occhi stupiti, il corpo sembrò rattrappirsi, restando quasi per un attimo appeso al metallo, quindi si afflosciò con un ultimo scricchiolio sinistro tra sangue, schegge ossee e materiale biancastro che si spargeva sull'erba del greto.

Il primo còrso si rivolse verso Sergio che oscillava, incerto sulle gambe, arretrando verso la Muzza e sanguinando copiosamente dal torace. Un nuovo assalto col coltello fece perdere completamente l'equilibrio al giovane chirurgo che cadde in acqua e scomparve rapidamente sotto il pelo del naviglio.

François, data un'occhiata al proprio compagno privo di conoscenza, prese l'Uzi e cominciò a sventagliare la superficie della Muzza, finché fu richiamato bruscamente dal capo «*Arrête-toi, trop de bruit! Il est déjà mort, je l'ai vu sanglant dans l'eau, quand il a disparu. Allons. Toi, François, regarde Luc : s'il est mort, met-le dans la voiture bleu, enlève ses documents et les plaques de la voiture*».

La ragazza, catturata nel frattempo dagli altri complici, fu faticosamente legata dopo aver morsicato a sangue almeno due banditi; le fu messo un cerotto sulla bocca, e fu quindi scaraventata dietro ai sedili anteriori, mentre i due superstiti la coprivano con una coperta e uno si sedette mettendole i piedi sul corpo.

Analogo trattamento, sull'altra vettura, fu riservato a Bucciantini, che in realtà era svenuto per il dolore, e il cui braccio pendeva in modo innaturale.

Pascal, che si era fatto strada nell'Union Corse per la sua freddezza e la sua ferocia, recuperò la calma e diede rapidamente ordini a tutti: «La macchina da bruciare va lasciata dietro la siepe, cospargetela bene di benzina e preparate una miccia di almeno trenta minuti. La macchina piccola, è meglio portarla per qualche chilometro sulla strada: tu, René, vai fino a Settala, puliscila e nascondila come puoi e aspettaci all'inizio del paese. Prima svuotate la Punto, cercate i telefonini e i documenti, e togliete anche la placca del motore. Luc va messo al volante: deve sembrare un suicidio, almeno a prima vista, o un omicidio per rapina. Ma toglietegli anche l'orologio e la catenina, se ce l'ha. Per fortuna non porta anelli. Dalla strada qualcuno si è accorto di qualcosa?»

«No, capo, gli spari sono stati coperti da un autobus che passava. Nessuno può aver visto né sentito nulla» rispose uno dei banditi che aveva fatto il posto di blocco.

«François, controlla ancora se trovi il cadavere *du medecin,* ma secondo me la corrente l'ha già trasportato lontano: ho guardato a lungo, ma non è riemerso più. Preghiamo per Luc: la sua famiglia sarà ricompensata per il sacrificio, ma purtroppo dobbiamo lasciarlo qui. Hai controllato i due ostaggi se hanno armi o telefoni?»

«Niente di preoccupante: la borsetta della ragazza è in macchina, ma c'è solo qualche documento: l'ho perquisita (è stato anche piacevole farlo!) ma non ha nulla addosso. Il telefono del magistrato è già stato spento e la pila estratta: lo getteremo lungo la strada dopo aver tolto la scheda telefonica: *son argent et ses papiers sont dans ma poche et il n'y a rien d'autre dans leur voiture».*

Un segno di croce fu abbozzato dai pii corsi all'indirizzo del compagno morto, mentre le moto erano già ripartite e dopo pochi minuti i due fuoristrada, con i prigionieri ben nascosti, iniziarono a muoversi lungo la statale e quindi verso Melegnano.

Solo mezz'ora più tardi un improvviso fuoco nella campagna richiamò l'attenzione di due ragazzini, che chiamarono la polizia.

Vittorio, al Torrettone, aveva intanto finito di imprecare contro i magistrati e la loro sbadataggine, mentre il tavolino riservato a Bucciantini era stato dato a quattro giovani che avevano pazientemente atteso, sperando che qualche ospite prenotato non venisse.

Il viaggio

Non era il dolore nelle costole, né i crampi che continuavano a tormentarle le gambe che resero penoso il viaggio di Elisa, quanto lo sforzo di capire cosa fosse loro accaduto, dove fosse Mario e, soprattutto, Sergio. Durante il viaggio perse conoscenza qualche volta, semisoffocata sotto la coperta, con il nastro adesivo che le bloccava la bocca, mentre si accorgeva che ogni minimo movimento veniva punito da cattivi colpi di tacco. Il peggio fu che non riusciva proprio a comprendere cosa dicessero i tre o quattro che la tenevano prigioniera.

Tacco, il suo aguzzino, continuava a comprimerle il corpo, riservandole dure pedate quando ella si muoveva. *Schumacher*, l'autista, ignorava l'uso dei freni così che la sua testa continuava a oscillare urtando i sedili. Solo dal terzo, che aveva soprannominato *Pepè*, riuscì a comprendere che era di lingua francese: «*tais-toi*» aveva detto improvvisamente a *Tacco*, dopo uno scambio di parole gutturali, in un dialetto dove le "u" si sprecavano.

Ma chi poteva avere interesse a rapire un'impiegata di un call-center, squattrinata e innamorata? Si rimise a piangere pensando a Sergio, che aveva visto sanguinante mentre cadeva nel canale e che non era sicuramente nella macchina.

All'inizio dovevano aver percorso una statale, poi si accorse che si erano fermati a una barriera autostradale: un tentativo di muoversi le costò una dolorosissima pedata nel costato, mentre *Pepè* sussurrava «*Attention à la police*». La strada riprese quindi diritta, e non sembrava che *Schumacher* facesse molti sforzi per andare veloce, mentre *Pepè*, evidentemente il capo lì dentro, lo invitava a non rischiare, a rispettare la velocità massima e a lasciare che le altre vetture li superassero.

«*Attention, ici à gauche*» furono le ultime parole che riuscì a percepire di un viaggio durato molte ore, durante il quale la giovane rimase per lo più svenuta.

Nell'altra macchina tutto era più sereno: Bucciantini era privo di conoscenza, ma respirava. René, raccolto a Settala, aveva rassicurato Pascal: «la macchina è nascosta dietro un casolare. Potranno trovarla per caso, ma è tutta ripulita: mentre vi attendevo ho passato uno straccio sul volante e le maniglie».

Le moto erano già volate via e stavano raggiungendo Savona, per imbarcarsi verso la Corsica.

Il tuffo nella Muzza aveva impedito a Sergio di difendere la sua donna: pur disperato, si era reso conto che doveva almeno salvarsi per salvare lei. Si era quindi immerso per qualche metro, attaccandosi disperatamente alle pietre del fondo, mentre udiva secchi suoni che riconosceva come colpi di fucile: qualche pallottola, apparentemente diretta contro lui gli passò non lontano, ma senza colpirlo. Le ferite gli bruciavano, ma capiva benissimo che l'unica speranza risiedeva nel restare calmo, trattenere il fiato quanto possibile e risalire qualche istante lungo la sponda a respirare, dove le piante potevano proteggerlo. Nemmeno in mare era riuscito a trattenere il fiato tanto a lungo e, quando riemerse dopo due minuti, riuscì solo a sentire «René, vai a Settala» poi il rumore dei motori che si allontanavano, poi più nulla, finché dovette cedere l'appiglio - il braccio sinistro gli faceva maledettamente male - e si ritrovò a valle, trasportato dalla corrente impetuosa; infine vide un cascinale e riuscì a risalire il bordo, per farsi aprire, con difficoltà, la porta da un diffidente contadino che, giustamente, era più che insospettito nel vedere un ragazzo sanguinante, con gli abiti laceri e fradici.

Appreso di essere arrivato vicino a Merlino, un robusto paesotto circondato da campagne fertili, ottenne di chiamare il 113. Allo stupito poliziotto raccontò del rapimento del magistrato e della fidanzata e il contadino, che non si era ancora rassicurato, rimase meravigliato nel veder sopraggiungere una macchina della polizia in sirena dopo pochi minuti, che si prese cura del giovane e lo portò immediatamente in ospedale senza nemmeno aspettare l'autoambulanza.

Mentre Sergio viaggiava, il poliziotto lo interrogò e confermò la probabilità di un rapimento, quindi decise di chiamare direttamente il PM di turno, il dottor Virdis, visto che sembrava trattarsi addirittura del rapimento o dell'uccisione di un collega.

Appariva chiaro che il chirurgo era attendibile (dalla procura fu confermato che il medico collaborava proprio col dottor Bucciantini) e che si trattava di un piano molto complesso.

Dopo poco giunse la notizia della macchina bruciata: i Vigili del Fuoco poterono solo spegnere gli ultimi focolai, ma dovettero aspettare a procedere perché c'era un cadavere a bordo.

Virdis, abituato nella sua terra ai sequestri, fece scattare l'allarme, ma i pochi dati forniti da Sergio non bastarono a identificare «due grosse macchine, credo due fuoristrada, di colore marrone scuro e verde». Delle moto il chirurgo non si era accorto, né era riuscito, inizialmente, a collegare la potente BMW, vista in precedenza, col rapimento.

Fu immediatamente fatto accorrere sul posto il medico legale, che vide solo dei resti verosimilmente umani al volante di un'auto ancora rovente, nella classica posizione "da boxeur".

L'autopsia si sarebbe svolta con procedura d'urgenza la mattina successiva.

Sul posto le prime indagini confermarono, se ce n'era bisogno, che si trattava di un incendio doloso: era ancora nell'aria l'odore della benzina e fu trovata facilmente una miccia combusta. Della macchina non si riuscì a sapere altro che il modello, una FIAT Punto, di cui trovarono alcune tracce di vernice azzurra. Targhe e placche d'identificazione erano sparite: non si trattava di un suicidio, evidentemente.

Il dottor Virdis fece immediatamente ricercare il collega: la traccia del suo telefonino si esauriva nell'area di Truccazzano, dove era stato spento. Per terra, vicino alla macchina, fu trovata una chiazza di sangue con altro materiale organico. Il terreno, pur calpestato dai soccorritori, evidenziò segni di più vetture, almeno due, con battistrada del tipo in uso per SUV straniere, una Kia e una Mitsubishi. Vi erano poi segni di una moto sul ciglio stradale e infine fu rinvenuto un sacco di plastica con tute da operaio.

Tutta la zona fu passata al pettine fitto e perfino il Torrettone fu perquisito, senza esito, con la disperazione di Vittorio quando seppe della scomparsa dell'amico Bucciantini.

La questura identificò la scomparsa di un gruppo di stranieri da un alberghetto in via Saronno, ma i loro documenti francesi risultarono falsi. Solo le impronte digitali lasciate (per ... fortuna, la pulizia dei locali non era stata eccessivamente accurata) e ritrovate sui letti, i tavolini, le sedie e i bagni, identificarono sei còrsi, sospettati di essere affiliati alla mafia dell'isola, l'Union Corse. Per quattro altre serie di impronte l'Interpol non fu di alcun aiuto.

Al Palazzo di Giustizia si era già riunita un'unità di crisi, presieduta dal Procuratore e con l'intervento del dottor Sorrentino, il capo gerarchico di Bucciantini, e di due magistrati della Direzione Investigativa Antimafia, che si unirono a Virdis.

I giornalisti si scagliarono sulla notizia come dei lupi e subito qualcuno iniziò a porre il collegamento con le recenti indagini di Bucciantini, ma nessuna rivendicazione era nel frattempo giunta.

Sergio, medicato e suturato nel suo ospedale, fu tenuto in assoluto isolamento e la stampa non venne a conoscenza né del suo ferimento, né del fatto che fosse scampato al rapimento: l'unico comunicato ufficiale della Procura fu «Il dottor Bucciantini, magistrato in servizio presso la Procura di Milano, sembra che sia stato rapito da un gruppo di malviventi mentre era in gita con un'amica. Non si hanno notizie di nessuno dei due. Nessuna rivendicazione è stata avanzata».

Una giovane avvocatessa, quando ebbe appreso la notizia casualmente al giornale radio, si infuriò contro un innocente sostituto procuratore, che sembrava avesse approfittato del suo lavoro per dedicarsi a qualcun'altra.

Dall'interrogatorio di Sergio cominciarono pian piano a uscire notizie utili: la moto con targa francese, anzi, le due moto, furono ricercate, ma esse erano già all'interno del traghetto della Corsica Ferries che le avrebbe deposte a Bastia la mattina seguente.

Sulle macchine e gli uomini Sergio sapeva dire poco: tutti indossavano una calzamaglia sul viso, quella chiamata "mefisto", che lascia liberi solo occhi e bocca. Due, che sembravano i capi, erano rimasti in disparte e davano ordini: uno parlava francese, oltre che italiano, l'altro non aveva aperto bocca. Da parte sua non sapeva calmarsi per non aver salvato Elisa. Quando seppe che uno degli assalitori era morto, forse proprio quello percosso da lui, non riuscì nemmeno a tranquillizzarsi: «dovevo ammazzarli tutti» diceva mentre gli investigatori ancora non capivano come avesse fatto a restare sott'acqua tanto a lungo, e gli dicevano che era già un miracolo che ne fosse uscito, ferito ma vivo. L'unica notizia utile fu l'accenno a Settala, ma ci vollero due giorni per scoprire una macchina, accuratamente nascosta dietro un casolare, dalla quale non riuscirono a ottenere elementi utili tranne frammenti di impronte digitali.

La mattina seguente fu eseguita l'autopsia sull'uomo rinvenuto al volante: il corpo era nella posizione rannicchiata, tipica di chi è esposto al fuoco e che è chiamata anche la posizione da boxeur, o da lottatore.

La sezione anatomica dimostrò assenza di fuliggine nelle vie aeree: l'uomo era morto prima dell'incendio.

Al capo presentava una vasta ferita, con frattura delle ossa e lesione dell'encefalo. La conclusione del perito fu che si fosse trattato di morte per causa violenta, forse nel corso di una colluttazione, e che il cadavere, privato di ogni documento e di oggetti personali, fosse stato messo successivamente nell'auto, poi data alle fiamme.

Fu prelevato materiale per il controllo del DNA, testandolo con quello di Bucciantini, ricavato da qualche capello del magistrato impigliato nella spazzola. Ma, a onta della più moderna tecnologica, quando l'esito arrivò, si era già potuto escludere che il cadavere fosse quello del magistrato, sia dall'esame del corpo, sia dalla semplice analisi del gruppo sanguigno. Il magistrato era di gruppo 0 positivo, mentre il sangue del cadavere era di gruppo AB positivo.

Restava quindi da capire chi fosse l'uomo che era seduto nell'auto del magistrato: Virdis fece ricavare le impronte digitali dalle papille dermiche delle dita, con una tecnica ideata da una ricercatrice italiana, e poterono confrontare le impronte così ricostruite con quelle contenute nell'archivio dell'Interpol.

Furono identificate senza ombra di dubbio come appartenenti a Luc Pascali, un contadino di Solenzara, graziosa cittadina del sud della Corsica, già arrestato per furto, ma in realtà sospettato di essere organico all'Union Corse.

I magistrati del pool si chiesero quale significato avesse l'improvvisa presenza della mafia corsa e ancora di più il motivo dell'accanimento contro il magistrato: indagando nei suoi fascicoli si accorsero che, anni addietro, il magistrato aveva arrestato un giovane còrso, sospetto di omicidio, che era stato rilasciato dal GIP ed era quindi scomparso. Anche quel còrso era di Solenzara, ma questo sembrava l'unico, tenue legame.

L'agguato fu ricostruito pazientemente, iniziando dalle moto, dalle macchine e dal materiale utilizzato per i blocchi stradali, e fu chiaro che si era trattato di un piano molto preciso, nel quale ben poco era stato lasciato al caso. Forse l'unico imprevisto era stata appunto la morte di Luc e la scomparsa di Sergio nella Muzza. Era chiaro che l'obiettivo dei rapitori era il magistrato, ma che il possibile rapimento della ragazza (probabilmente un obiettivo secondario, al posto di Sergio) era previsto.

Sul luogo dove i rapitori si fossero rifugiati non era possibile avanzare altro che ipotesi: nessuna traccia delle moto, né delle macchine, né tanto meno dei rapiti, ma soprattutto nessuna rivendicazione da parte dei rapitori.

Questo aspetto preoccupava enormemente Virdis, che sapeva come le prime ore dopo un sequestro fossero determinanti per trovare i rapiti: le indagini furono estese, dopo sole tre ore dal ritrovamento di Mandelli, a tutto il nord Italia, ma era ormai troppo tardi.

La vecchia casa

Con le ultime luci del sole le due macchine giunsero alla meta: Elisa si era accorta che dovevano essere usciti dall'autostrada, quindi avevano imboccato una strada sterrata, ripida, che dopo alcune curve secche era terminata in un pianoro.

Fu bendata e scaricata, senza complimenti, dalla macchina, mentre dall'altra vettura veniva trascinato Bucciantini, che gemeva per il male e si teneva il braccio destro con quello sano, ma aveva ripreso conoscenza, pur essendo pallido.

Quando i due furono gettati senza tanti complimenti attraverso una botola, per terra, in una stanza tappezzata con grandi lastre di polistirolo, le fu strappato il cappuccio e il nastro adesivo sulla bocca: «Puoi urlare quanto vuoi, nessuno ti sentirà, ma forse ti conviene risparmiare il fiato. Finché te ne rimane» disse *Tacco* con un ghigno.

Al piano superiore Pascal stava rapidamente concludendo la prima parte del piano: «voi ora potete andarvene – disse agli altri – rimane solo François che va a prendere il nostro capo à la gare. *Allez, allez tout de suite*».

Sidoli non aveva che balbettato qualche parola, dal lontano mezzogiorno nel quale era iniziata un'avventura cui avrebbe rinunciato ben volentieri. Un lungo sorso di grappa corsa di Calenzara (un feroce distillato di castagne) gli sciolse infine la voce: «Ora cosa ce ne facciamo di quei due?»

«Tu lo sai bene: arriva *Tiziano* e dovremo – diciamo - convincere Bucciantini a parlare, usando anche la ragazza, visto che l'uomo è stato perso. Ti assicuro che ho sistemi per convincere l'uomo a parlare, pur di evitare qualcosa di sgradevole alla *jeune fille*.

Poi vanno eliminati, ma a questo penso io: tu non ce la faresti nemmeno a uccidere una mosca - disse ridendo –

intanto comincia a preparare da mangiare; io prendo l'acqua e sento col WPS François. So che il tuo capo è schizzinoso e raffinato, ma dovrà accontentarsi delle nostre scatolette».

Del fumo usciva dall'antico comignolo, mentre il freddo della sera iniziava a entrare nell'antica casa di pietra e, all'arrivo di *Tiziano*, la cucina era calda con un grande fuoco nel camino.

Al piano terreno intanto Bucciantini continuava a gemere: Elisa aveva compreso che doveva immobilizzargli l'arto, che era deformato, gonfio e di un orribile colore blu; le riuscì solo, strappando la sua camicetta, di farne delle fasce e bendargli il braccio. «Sergio direbbe che non sono una buona allieva – disse sorridendo a Mario – ma è il meglio che so fare. Dimmi se è troppo stretto o se stai meglio».

«Bloccami anche il gomito, ogni movimento mi fa vedere le stelle. Ora va meglio. Tu come stai, ti hanno maltrattata? »

«Diciamo che ho fatto viaggi migliori, ma ora dobbiamo pensare a cosa fare».

Elisa si alzò e cominciò a fare il giro della prigione: attraverso una fessura tra le piastre di polistirolo riconobbe un grosso albero. Ma le scarse luci della sera impedivano di vedere lontano. Solo qualche scintillio sullo sfondo.

Si rimise a sedere e in quel momento entrò il carceriere, con una ciotola di legno piena d'acqua: è per voi, bevete finché potete, ma non pensate di usare la ciotola per aggredirci. Siamo armati e, ormai, nulla ci trattiene dall'ammazzarvi.

«Perché non l'avete già fatto? – chiese amaramente il giovane – cosa volete da noi? »

«Credo che tra poco, forse domattina, lo saprete. Ora cercate di dormire. Qui ci si sveglia con le galline» e se ne andò con una risata.

Elisa accostò alla bocca di Bucciantini la ciotola, ma si accorse che l'uomo era febbricitante. Bevve anche lei, poi deposero la ciotola e si guardarono, mentre Elisa scoppiò a piangere.

«Ascolta Elisa, dobbiamo sperare che Sergio se la sia cavata. Non serve arrenderci. Però c'è un piccolo problema, quello che nei film e nei libri non si vede mai: devo fare pipì, ma non so come fare. Poi ci sei tu!»

«Temo che il problema sia comune: ascolta, io ti aiuto, non ti vergognare, tanto dobbiamo stare qui un po' di tempo, forse a lungo. Poi io andrò nell'angolino lì, e farò lo stesso».

«Non ti guarderò, stai tranquilla. E grazie».

Come Dio volle il giovane magistrato fu aiutato dalla ragazza; poco dopo lei, ritiratasi in un angolo, emise un gridolino «Santo Cielo!»

«Cosa ti succede?» chiese Mario.

«Mi ero dimenticata che, mentre avveniva l'agguato, io stavo giocando col mio telefonino: appena ho visto il blocco ho cercato di nasconderlo e me lo sono messo addosso, infilato nella mutandine. Quando quel maiale mi ha perquisito non è riuscito a trovarlo, per fortuna. È ancora qui, ma sembra che non ci sia campo. In realtà ogni tanto vedo il segnale, ma dura solo un attimo».

«Allora dammi retta: spegnilo prima che qualcuno ti chiami e nascondilo. Per esempio puoi scavare una piccola buca e metterlo sotto terra, o metterlo sotto quei rami secchi. Domani vedremo cosa fare».

Nella vecchia casa la notte trascorse agitata mentre, in una villa poco lontana, Antonio e Irina la passarono ugualmente insonni, ma molto più felici.

Tiziano era profondamente insoddisfatto di tutto: la camera era fredda, il letto duro, dei due ostaggi previsti ne mancava uno e c'era al suo posto una donna, la cena (scatolette con fagioli, choucroute, cassoulet e vino) non era di suo gusto e l'indomani avrebbero dovuto concludere tutto perché la stampa era agitatissima e il rapimento sarebbe stato in prima pagina su tutti i notiziari.

Sidoli ricevette la sua dose di insulti per la scelta del luogo – in realtà era incolpevole, perché la decisione era stata assunta dai francesi – e Pascal perché aveva lasciato andare via gli altri garçons.

«Écoute, *Tiziano*, io ho degli ordini: ho gia perso un ragazzo e la sua famiglia lo piangerà. Io eseguo: tu fai ciò che devi, ma non dirmi mai più cosa va bene e cosa va male. Vuoi che l'uomo parli? Bien, farò ciò che è necessario a lui o alla ragazza perché lui ceda. Poi non pensate più a me, a loro, a nessuno di noi. O vuoi che riferisca a *Roi Lion* che non hai più il coraggio di andare avanti? »

«Buoni, buoni, è inutile prendercela tra noi: Pascal e i suoi ragazzi hanno fatto un ottimo lavoro, noi dobbiamo concluderlo. Pensa poi al nostro futuro – intervenne Sidoli mentre gli occhietti tondi scintillavano a causa della grappa corsa – che sarà finalmente libero e sereno».

Alle prime luci dell'alba tutti erano rinfrancati: Elisa, che aveva imparato a fare l'infermiera col suo paziente, era riuscita a dare un'altra sbirciata dalla fessura. «È un noce e lì c'è un pergolato. Non è possibile! E in fondo c'è il mare. Non è possibile!

Svegliati Mario - lo riscosse la giovane – sento delle voci. Ma soprattutto so dove siamo. Fammi provare a chiamare il mio fidanzato».

Estrasse il telefonino schiacciò un tasto e disse con un filo di voce «Sergio!».

Il medico sentì squillare il telefono e si girò faticosamente nel suo letto, troppo vuoto senza la ragazza che ormai era divenuta parte di lui, mentre le ferite, pur ottimamente suturate, gli facevano male. Preso il telefono rimase raggelato nel vedere il nome apparso sul display: «Elisa, da dove chiami?» «.. ricordi .. noce ...». «Non ti sento, parla più forte» urlò il giovane riuscendo solo a distinguere pochi altri frammenti di parole «..igato... amore ...».

Poi più nulla.

Era viva, almeno era viva: chiamò il numero riservato della Procura per comunicarlo e fu rassicurato che avrebbero rintracciato la cellula da cui chiamava Elisa. Bastava un po' di tempo.

E il tempo era quello che mancava: la voce era la solita, ma gli era sembrato che parlasse sottovoce, quindi era prigioniera, ma dove? "igato." Sembra un nome giapponese. "Amore": sì, gli voleva bene, ma perché perdere tempo se aveva solo pochi secondi per parlare. E poi le altre parole: ricordi e noce. Cosa volevano dire? E poi, perché non aveva proseguito e si sentiva così male il messaggio? Mancava campo, forse erano prigionieri.

La chiave di tutto gli sembrava la parola 'igato', finché comprese.

Rivestitosi, indossò prudentemente un paio di scarponcini da montagna e schizzò in macchina: quante ore ci volevano? Tre o quattro al massimo.

Giunse a Genova come in trance, senza accorgersi della strada, e solo ad Arenzano si ricordò di avvisare i magistrati: probabilmente Elisa si riferiva all'agriturismo dove avevano bevuto il Pigato che Paolo offriva agli ospiti dell'agriturismo. Ma era impossibile che i due fossero tenuti prigionieri proprio lì. E se si fosse trattato di quella casa di pietra in cima, quella dove avevano fatto l'amore, con un noce davanti all'ingresso?

I tasselli si ricomposero mentre la Clio, ancora ammaccata, usciva dall'autostrada a Bordighera e si arrampicava lungo i crinali dell'entroterra verso Dolceacqua.

Dopo aver richiamato prudentemente ancora la Procura, espose i suoi dubbi e gli fu risposto che l'origine della telefonata era appunto dalle parti di Dolceacqua, quindi gli fu raccomandato di non assumere iniziative avventate e di aspettare che il luogo fosse circondato: entro un paio d'ore nessuno sarebbe potuto uscirne.

Sergio riprese il suo sangue freddo e decise di trattare la vicenda come un caso chirurgico: doveva portare fuori viva Elisa, non dimostrare a se stesso di essere un eroe.

La strada sembrava non finire mai e, seguendo la cartina che aveva miracolosamente conservata, iniziò ad arrampicarsi verso Dolceacqua e la Val Nervia. Superata la cittadina imboccò una strada ripida, finché lasciò la macchina proprio a Terre Bianche, dove scherzò col simpatico Paolo, dal quale seppe che dalla casa in pietra quella notte era uscito fumo e che il suo cagnolino aveva ancora uggiolato.

Non poté rifiutare un pezzo di focaccia appena fatta, né un bicchierino di Pigato, ma lasciò Paolo appena poté, senza insospettirlo, e salì a piedi lungo un sentiero stretto che aveva percorso allora con Elisa, evitando la strada principale che era dominata dall'antica costruzione. Davanti a essa, ricordava, c'era una rocca di avvistamento parzialmente diroccata, che risaliva al tempo delle scorrerie dei pirati saraceni.

La casa era bassa a due piani, ma il terreno era occupato dalla legnaia, vuota, e dal fienile, quello dove ...

Scacciò il pensiero e proseguì fino alla collinetta che sovrastava la casa, verso la montagna. Lì il sentiero era strettissimo e a picco su un dirupo.

Dalla casa usciva fumo e dalle finestre socchiuse del piano superiore sentì delle voci: tre, anzi, quattro uomini. Una voce era dominante, con accento francese. L'altro francese si limitava a borbottare. Dei due italiani uno aveva una voce tremante, l'altro, con la voce più decisa, sembrava il capo.

«Va a vedere i prigionieri – disse quest'ultimo – speriamo che la notte al freddo li abbia ammorbiditi».

Sergio, appostato dietro alcune rocce in rilievo, vide il più basso dei due scendere calando una scala a pioli in legno attraverso una botola, quindi lo perse di vista e non riuscì a udire più nulla.

«*Bonjour* - disse il francese – avete passato bene la notte? Ma lei, *mademoiselle*, avrà avuto freddo senza la camicetta.

Ah, *je vois,* l'ha usata per bendare il pover'uomo vicino a lei. *Quelle bonheur pour un homme, d'avoir une femme ainsi sage à coté.* Allora Mario! Qui non sei arrogante come dietro la tua scrivania. Se non mi ricordi ...».

«Tu sei Pascal Grimaldi, ti interrogai per quell'accoltellamento. Purtroppo il GIP ti ha lasciato andare».

«Buona memoria, *mes félicitations.* Sì il GIP è stato abbastanza sensibile da capire che era meglio – meglio per lui - che io non c'entrassi. Bene allora giochiamo a carte scoperte».

«Cosa vuoi da me? E prima di cominciare, lascia andare la ragazza. Non sa niente, non c'entra nulla nel mio lavoro e ti prometterà che non ti ha mai visto».

«*Oui, bien sûr, elle ne sait rien, elle ne connaît rien, elle ne m'a jamais vu!* – scoppiò a ridere - Nessuno ci crederebbe. Tu piuttosto, cerca di aiutarmi. Devo avere qualche informazione molto semplice. Non farmi scegliere se 'stimolare' il tuo braccino che si è rotto o la ragazza».

«Un uomo d'onore non toccherebbe mai una donna: fammi quello che vuoi, ma lasciala andare».

«Quindi sei sensibile: *bien!* Ci vediamo tra poco: intanto comincia a riflettere».

L'uomo si arrampicò sulla scaletta, che fu poi retratta nella botola, e i due giovani furono lasciati soli.

«Ho paura – bisbigliava Elisa – ha degli occhi crudeli».

«Purtroppo lo conosco bene: è un selvaggio, senza coscienza. La mafia corsa lo incarica degli affari più sporchi. Non so come potremo uscire da qui. L'unica speranza sta nei suoi complici. Se è uscito, è perché è andato a prendere ordini: finché non vediamo il capo, siamo salvi. Se si fa vedere non abbiamo più speranza tranne quella di morire rapidamente».

«Ma ora no! Proprio ora non voglio morire. Devo rivedere Sergio: devo dirgli una cosa importante».

«Sii coraggiosa. Non ti lascerò soffrire e spero che se la prendano prima con me: qualcosa dirò, quanto basti a fermarli un poco. Poi vedremo».

Passò qualche ora, mentre la sete aumentava, senza che si facesse vedere il carceriere, finché rientrò Pascal.

«Il capo è troppo tenero, ma mi ha incaricato di dirti che vi lasceremo liberi se ci dirai tutto, ma proprio tutto, sulle tue indagini segrete, quella sui pedofili italiani e quella sugli altri, il gruppo europeo».

«Ne sapete già molto, vedo, ma non parlo se non ci date da bere».

«*D'accord. François, de l'eau!*»

Dopo essersi dissetati, Mario chiese, con tono dimesso: «Cosa vuoi conoscere di preciso?»

«I nomi degli indagati, i vostri infiltrati, le prove che hai accumulato e, soprattutto, dove le hai nascoste, visto che in ufficio non ne sanno nulla».

«Così hanno qualcuno nel mio ufficio e nella Procura – commentò amaramente Bucciantini – proprio tra quelli di cui mi fidavo. Bene: cominciamo con l'Italia: qui non c'è nessun mistero. I miei capi conoscono già tutto e proseguiranno le indagini anche senza me».

La frase fu detta con spavalderia, ma il magistrato temeva che, dopo i primi insabbiamenti, una sua scomparsa avrebbe rinvigorito gli sforzi dei colleghi più 'politicamente' sensibili per bloccare ogni indagine.

«Allora: il principale indiziato è un tal Sidoli - Pascal sobbalzò – che forse conosci. Oltre lui ho solo vaghi sospetti che esista una cupola anche politica, probabilmente a livello altissimo. Ma anche su Sidoli mi mancano elementi concreti. So che si è ritirato dalla vita pubblica, ma ho anche saputo che è tornato a farsi vedere pieno di soldi».

Un urlo straziante squarciò l'aria, mentre Pascal si era delicatamente appoggiato sul braccio di Bucciantini: «Non farmi perdere tempo, questo lo sanno anche le pietre. Dimmi chi c'è sopra lui, su chi indaghi nel campo della pedofilia».

«È svenuto, si fermi – disse Elisa – non può trattarlo così, non le ha fatto nulla».

Il còrso uscì nervosamente e si recò a confabulare al piano superiore.

Dalla collina Sergio aveva visto fuggire improvvisamente dei corvi che erano posati sul tetto della casa; pur senza aver sentito alcun rumore, pensò giustamente che qualcosa fosse avvenuta. Il tratto a rischio era costituito dagli ultimi venti metri, allo scoperto. Intanto si sforzava di ricostruire a memoria la casa: quando c'era venuto era stato ben più interessato a Elisa che alla topografia, che ora gli tornava a mente solo in parte.

Da una finestra vide tre volti che confabulavano. Uno, il più piccolo, scomparve mentre il quarto uomo si recava al gabinetto esterno.

Girando sul lato opposto Sergio poté avvicinarsi alla legnaia e al fienile ma, sbirciando fra le assi, vide solo del materiale bianco. Nessun rumore ne usciva. Corse dietro i cespugli e si acquattò.

«Mario, non prendiamoci in giro: se non parli con le buone, ti aiuterò io»; rivolto improvvisamente verso Elisa le tagliò, con un colpo preciso del suo coltello, la gonna dal bordo alla cintura. «Ora vado avanti se non parli».

«Va bene: sono quasi certo che sopra Sidoli esiste un altro uomo, molto importante, un sottosegretario del governo, tale Giani, Cesare Giani, ma su lui le indagini sono molto difficili, e probabilmente qualcuno anche più in alto».

«E poi, chi altri indaghi? »

«Mi bastano questi due: ho incontrato già infiniti ostacoli provenienti dall'alto e sono convinto che è Giani che ha bloccato le mie indagini. Non so veramente chi altro ci sia. Posso solo dirti che abbiamo messo una microspia, di nascosto, nella sua casa e nel suo ufficio, ma che nessuno lo sa».

«Maledizione - disse l'onorevole quando lo seppe – e adesso cosa faccio? No, se fosse vero saprebbe anche qualcos'altro. Chiedigli con chi vivo; ora sto con una che si chiama Roberta: se non ne sa nulla vuol dire che mente e passiamo alla seconda fase, ma vengo giù io. Pazienza se mi vedono: peggio per loro».

Pascal risalì poco dopo: «Ci sta prendendo per fessi, su Roberta non ha saputo dire nulla. Tocca a te».

I due prigionieri (nel frattempo Elisa era stata legata a un palo), sobbalzarono quando videro l'altro uomo: «Era tempo che ti facessi vedere, vieni qui, Giani, ma perché sei uscito allo scoperto?» disse amaramente Bucciantini, che aveva letto la loro condanna a morte nella comparsa del deputato.

«Basta con le favole: dicci tutto e subito, altrimenti Pascal prima si diverte con la signorina, poi con te. E non sarà uno scherzo per nessuno, credimi».

Il piccolo còrso estrasse l'Opinel e tagliò rapidamente anche la cintura della gonna, mentre Elisa, che aveva emesso un grido straziante, si dibatteva, poi infilò la lama lungo l'elastico delle mutandine: «*alors?*»

«Va bene, tanto è tutto finito. Va bene, ho detto, lasciala andare! Sì, caro Giani, ho le registrazioni delle tue interessanti conversazioni col Ministro e quelle col suo capo. Ma sono ben nascoste: le possedeva uno dei miei poliziotti, che le ha depositate in un luogo segreto».

«E chi è l'agente? »

«Non lo conoscete, lavora per me, ma non è né in Procura, né col Ministro. Si chiama Amos e naturalmente è ebreo, ma non so null'altro di lui, tranne che è fidatissimo».

«Per questo vedremo, ora parlaci della tua indagine europea».

«Quella non la fermerete, vedrai: ma come fai a saperne qualcosa? Doveva essere segretissima! Siamo cinque magistrati che stanno lavorando insieme, ma ci scambiamo le informazioni di nascosto, magari in vacanza, o per incontri casuali. No, non ce la farete mai».

Un nuovo urlo straziante di Elisa lo interruppe. «Non è da uomini fare soffrire una donna così, ma voi non siete uomini, tu soprattutto, onorevole!» Bucciantini non poté fermare il violento calcio di Giani che lo colpì al braccio destro, e svenne.

«Fermo, lascia stare la donna, per ora. Ci serve solo per farlo parlare. Torniamo su: cercherò di comunicare con un amico: ho ancora un vecchio telefono satellitare, che qui dovrebbe funzionare, visto che gli altri non vanno».

Nascosto tra i cespugli, Sergio era riuscito a sentire le grida di Elisa, ma si sforzò di non precipitarsi. Disceso per qualche centinaio di metri riuscì a ritrovare la connessione con la linea telefonica e a sentire i magistrati che stavano accorrendo: rapidamente li mise al corrente della situazione, indicando la presenza di quattro uomini, probabilmente armati, e dei due prigionieri al piano terreno. Fu rassicurato che tutti sarebbero arrivati entro mezz'ora, un'ora al massimo procedendo con cautela.

Intanto i tre uomini mangiavano l'ennesima scatoletta riscaldata da François sul camino: «ancora choucroute e cassoulet! Basta, è l'ultima volta che li mangio» disse Giani; e aveva proprio ragione.

Il contatto telefonico romano escluse la presenza di una cimice nell'ufficio del ministro o nel suo appartamento (non potevano sapere quanto aveva fatto di nascosto il poliziotto della scorta), ma anche l'esistenza di un poliziotto di nome Amos in servizio a Roma.

«Quando Bucciantini ebbe ripreso conoscenza si trovò il viso di Giani a pochi millimetri dal suo: «Ora finiscila, parla o lascio libero Pascal con la donna: fuori i nomi».

Come Bucciantini, Elisa era stata legata per i quattro arti e non poteva nemmeno muoversi, ma singhiozzava e cercava di mordere il suo aguzzino.

«Basta, Bucciantini, sai che è finita: lei soffrirà e io non amo far soffrire le donne, tu pure soffrirai, mentre possiamo raggiungere la conclusione facilmente. Dacci i nomi. Li verifico, poi finisce tutto in fretta».

Pallido e sudato, con gli arti legati e dolorante per la frattura, l'uomo si arrese: «va bene, maledetti! In Svizzera c'è il Ministero Pubblico di Lugano, Mario Lombardini; in Belgio Eric Filleul a Liegi; in Inghilterra, a Leeds, Henry Robertson e in Germania, a Francoforte, Hans Guntscher. Ma non crediate che siamo solo noi cinque: abbiamo una rete in ogni paese, che sta lavorando di nascosto. Qui ora ho perso io, ma gli altri sapranno cosa fare. È già tutto predisposto: se capita qualcosa a uno di noi, gli altri si muoveranno da soli. Se scompaio io, i miei colleghi seguiranno strade differenti da quelle che avremmo seguito se voi, pedofili, aveste colpito Filleul o un altro. Ma ognuno può raggiungere tutte le informazioni che io possiedo e proseguire con le indagini. Sappi solo che stiamo indagando su un gruppo europeo di altissimo livello: politici, industriali, finanzieri di tutta Europa.

Ora lasciami andare, non ce la faccio ...».

L'uomo perse conoscenza, mentre Giani riscosse Pascal: «Basta così, non ci dirà più nulla. Ora salgo a fare una telefonata. Appena ho finito di telefonare, se non ti dico nulla in contrario tu li ammazzi e provvedi a eliminare i corpi. Intanto dì a François di preparare la macchina».

Il taciturno bandito còrso uscì dalla casa e prelevò la vettura senza alcun sospetto; Sidoli, rimasto solo, si era affrettato a far sparire buona parte del liquore rimasto sul tavolo.

Quando Giani, un po' pallido, e Pascal, qualche minuto dopo, col viso paonazzo, ritornarono in cucina, Sidoli intese che era tutto finito.

Giani si sporse dalla finestra: per quanto riguardava l'indagine europea, *Roi Lion* in persona era soddisfatto anche dei pochi dati ottenuti benché gli interessasse ottenere anche i nomi degli indagati. Proprio in quell'istante però il deputato colse un movimento dietro la torre saracena, poi un altro dietro una siepe, infine, precipitatosi dall'altra parte della casa, vide altre ombre che si muovevano rapide.

«Pascal, ci hanno traditi, fuggi!» Da pochi minuti gli investigatori avevano raggiunto Sergio ed avevano cominciato a disporsi attorno all'antica casa: due carabinieri si erano appostati dietro le macerie della torre saracena, Virdis (che era stato trasportato in aereo a Savona e aveva assunto la guida dei carabinieri locali, in compagnia di un collega di Imperia) aveva intanto raggiunto Sergio che da un cespuglio controllava la finestra dove si intravedevano i volti dei rapitori, mentre altri tre militari si erano portati sull'altro lato della casa, verso la valle dove Dolceacqua era visibile sul fondo.

Una camionetta aveva bloccato il sentiero sterrato e altri quattro carabinieri si stavano disponendo attorno al veicolo per impedire la fuga verso la valle. Purtroppo, proprio in quel momento Cesare aveva deciso di sporgersi dalla finestra e aveva intravisto le forze dell'ordine appostate prima che fosse stato possibile decidere un piano organico e attendere i rinforzi.

Virdis si limitò ad alcuni ordini: «Massima attenzione per gli ostaggi; per i rapitori, beh, non preoccupiamoci troppo. Se possibile prendiamoli vivi ma nessuno, ripeto, nessuno, deve poter sfuggire».

«Io vado sul retro – disse Sergio camminando acquattato – per tagliare la strada verso la montagna. Ma voi, mi raccomando, salvate la ragazza».

I due carabinieri iniziarono a bloccare François, che stava aspettando senza sospetti a bordo dell'auto, ma Pascal iniziò immediatamente a sparare contro gli altri militari appostati, ferendone uno.

Persa la sorpresa, iniziò una sparatoria, mentre Virdis si affrettava a sollecitare i rinforzi: un elicottero dei carabinieri si era già levato dalla vicina Ventimiglia, trasportando gli specialisti del ROS.

In realtà la scaramuccia fu breve, perché un colpo ferì Pascal al braccio destro e i militari entrarono rapidamente e lo bloccarono.

All'interno della casa fu trovato solo Sidoli, in un lago d'urina, rannicchiato, anzi abbarbicato alle gambe del letto e, soprattutto, alla bottiglia di grappa, da cui fu ben difficile staccarlo.

Mentre si concludeva la breve battaglia, Virdis entrò nella casa cercando il capo e gli ostaggi, senza badare a Sergio che, improvvisamente, si era messo a correre.

In effetti Giani, da buon capo, come si era reso conto dell'incursione dei carabinieri era fuggito da una finestra verso la montagna, l'unico posto dove non aveva visto aggirarsi nessuno.

Rapidamente, e senza fare rumori inutili, si era affrettato lungo il sentiero ma, per sua sfortuna, Sergio aveva osservato il movimento e aveva iniziato a inseguirlo.

Il sentiero saliva ripido verso la montagna, addentrandosi nella fitta vegetazione: il sottosegretario aveva qualche anno più di Sergio, ma era ben allenato. «Dov'è Elisa? - cominciò a chiedere Sergio – fermati maledetto» urlava guadagnando terreno sul fuggitivo, che correva con qualche difficoltà a causa delle calzature di città che indossava. Con un ultimo sforzo Sergio riuscì a bloccare Giani ed entrambi caddero sullo stretto sentiero, a picco sullo strapiombo, ferendosi al volto. Sergio si aggrappò all'avversario e iniziò a colpirlo con pugni disperati, pur con il solo braccio destro disponibile, mentre Giani si limitava a difendersi, schernendo il giovane chirurgo «Vai, vai a cercare la tua donna, o ciò che ne resta. Ma credevi proprio di sfuggirci? Mi spiace solo che non sei morto, come speravamo. Ma non credere che finisca qui».

Con un ultimo ghigno si divincolò e ricominciò a correre lungo il sentiero mentre Sergio, ansimante, si rialzava.

Lo vide correre e, con un gesto quasi isterico, raccolse una pietra e gliela lanciò colpendolo al capo.

Giani rallentò e si girò verso il suo inseguitore con un sorriso e un gesto di scherno ma il movimento non gli fece vedere una grossa pietra sul sentiero, ricoperta da muschio, sulla quale le morbide scarpe di cuoio scivolarono. L'ultima immagine di Giani che rimase a Cesare fu quella di un uomo che cercava disperatamente di aggrapparsi alle rocce con occhi increduli finché, con un urlo disperato, tutto finì con un sordo tonfo.

Sergio rimase prono sul sentiero per pochi istanti, cercando di riprendere fiato, e ritornò di corsa verso la casa di pietra, dove tutto si era già concluso.

Un elicottero era intanto atterrato e ne erano rapidamente scesi i carabinieri del gruppo speciale, ma il loro intervento non servì.

Sergio raggiunse la casa, nella quale regnava un silenzio irreale, ed entrò raggiungendo Virdis: «Dov'è Elisa?»

«Venga con me, è meglio. Non troviamo gli ostaggi e questo bandito rifiuta di parlare – disse accennando al còrso, ferito e ammanettato in un angolo – mentre l'altro è troppo sbronzo per capire di cosa parliamo. Ma mi pareva che lei conoscesse la casa: forse ci può aiutare».

«Di fianco alla legnaia, cui si non accede dall'esterno, ricordo che c'è un fienile: vedo la porta chiusa, ma ci deve essere un passaggio da questo piano, perché li ho visti calarsi con una scaletta».

I carabinieri operarono una rapida perquisizione, finché chiamarono il magistrato: «Dottore, probabilmente è qui: c'è una scala a pioli e una botola».

Senza aspettare i militari, Sergio si precipitò attraverso la botola e un grido scosse Virdis: «Elisa!»

I carabinieri, discesi, trovarono Bucciantini riverso e immobile, mentre Sergio abbracciava disperatamente la ragazza.

Risaliti, Virdis interrogò il còrso con una sola parola: «Perché?»

«Vous me connaissez, c'est mon travail, mais je ne suis pas cruel. Je fais ce que je dois, et j'obéis à mon Capu. J'aurais bien tué tous les deux, si j'avais reçu l'ordre, mais sans un ordre, je ne pouvais pas tuer une jeune fille, s'il n'était pas nécessaire, et

*un homme blessé en plus. Ils ont eu de la chance:je n'avais pas
encore reçu l'ordre».*

Fu demolita una parete e furono estratti i due prigionieri,
Bucciantini, ancora privo di conoscenza che respirava a
fatica, e la ragazza, che Sergio si affannava a … rianima-
re con un bocca a bocca che cessò solo quando fu messa
nell'elicottero con Mario, cui era stato finalmente bloccato
adeguatamente il braccio spezzato, messa una fleboclisi e
applicata una maschera d'ossigeno.

I due furono immediatamente trasferiti all'ospedale di
Bordighera per un primo controllo e quindi a Imperia,
dove il giovane magistrato fu ricoverato ancora privo di
conoscenza in reparto di terapia intensiva, per la grave
disidratazione e l'anemia da emorragia al braccio.

Elisa fu invece ricoverata in reparto di medicina in osservazione, in assoluto isolamento, protetta da un muro in-
superabile di carabinieri.

Solo la mattina successiva i due fidanzati si rividero: Elisa
era raggiante, nel letto dell'ospedale, circondata da mazzi
di fiori, con qualche graffio sul volto: «ti avevo detto che
non stavo bene ieri mattina. Oddio, solo ieri, mi sembra
che sia passato un anno da quando siamo usciti di casa.
Bene, avevo torto, ora sto benissimo, anzi, stiamo benissimo».

«Lo vedo che stai bene, ti è tornato il sorriso che avevi
qualche mese fa: questi graffietti andranno via e sarai la
sposa più bella d'Italia, tra pochi mesi».

«Sarò anche la mamma più bella d'Italia?»

«Ma cer … cosa mi stai dicendo, che hai vissuto questa
vicenda e che sei pure incinta? Ma cosa dicono i colleghi,
va tutto bene?»

Anche un chirurgo può permettersi di piangere, qualche
volta.

Successivamente Sergio ricostruì la vicenda con i magistrati, parlando dei fatti avvenuti sia lungo la Muzza, sia

sui colli liguri, mentre era stato recuperato il materiale, il telefono e infine il corpo di Giani.

Bucciantini riprese conoscenza molto presto: «Credevano di farcela, vero? - furono le prime parole che rivolse a Virdis e a Sorrentino – ma non mi conoscono abbastanza. Cos'avete ricavato dai banditi?»

Sorrentino aveva rapidamente ripreso il comando della situazione (dopo che Virdis aveva provveduto a risolvergli tutti i problemi): «Siamo riusciti a tagliare la testa dell'Idra grazie al tuo brillante lavoro. Qualcosa è ormai chiara: capo di tutto era probabilmente (non abbiamo però nessun riscontro obiettivo) quel porco di Giani, che è morto così sventuratamente; certo che se quel medico non l'avesse rincorso e aggredito saremmo riusciti ad arrestarlo e a farlo cantare».

«Se Sergio non l'avesse preso, Giani se la sarebbe filata – sibilò Bucciantini - perché nessuno l'avrebbe più raggiunto, ne sono sicuro. Poi, tra quei monti chi sarebbe riuscito a trovarlo? E forse per qualcuno sarebbe stato meglio così».

«Via, via, grazie a voi abbiamo stroncato una pericolosa banda criminale».

«No dottore, ancora una volta non mi trova d'accordo: non è una semplice banda criminale, ma una vera rete pedofila. Perché la mafia corsa ha collaborato con Giani? E qual era il ruolo di quell'altro, quel Sidoli? E chi c'è sopra di lui? Sono questi i veri interrogativi».

«Sicuramente nessuno chiuderà queste ipotesi investigative – riprese il capo del pool – ma ora lei deve riposare. Virdis può fare il suo lavoro per il breve tempo che le servirà per tornare in piena attività. I medici mi hanno garantito che tra poche settimane sarà perfettamente ristabilito. Però è altamente inopportuno che proprio lei, direttamente coinvolto, partecipi alle indagini sul caso. Indagini che, glielo assicuro, procederanno senza guardare in faccia a nessuno».

«Bene, dottore, allora lei farà indagini anche sul ministro e su chi sembra esserci sopra lui? – chiese Bucciantini – Perché i riscontri sono chiarissimi».

«È assolutamente certo – sillabò l'anziano magistrato – che non ci sarà nessuna clemenza contro tutti quelli che hanno lavorato o collaborato per realizzare il vostro rapimento. Cero, se lei ha degli elementi probatori per dimostrare che addirittura qualche alto personaggio sia coinvolto, sarò senza pietà, mi creda. Ora lasci che Virdis proceda nelle indagini, con la capacità che ha già dimostrato, e pensi solo a guarire».

Dopo poche ore i magistrati erano riuniti nella prefettura di Imperia, dove cercavano di riassumere lo stato delle indagini.

«Caro Virdis, lascio completamente a lei la gestione della situazione, con la prudenza che è doverosa.

Per cominciare, considererei con molta attenzione e delicatezza la posizione di quel deputato, il cui coinvolgimento appare legato quasi solo alle parole di Bucciantini, che è francamente sotto shock. Visto il personaggio, mi sembra ... inopportuno enfatizzarne il ruolo o anche solo affermare che avesse responsabilità dirette nel sequestro: poteva essere da queste parti solo per caso, forse, o per fare attività sportiva. E se proprio qualcuno sostenesse che era entrato in questa vicenda, mi sembra che tale accusa si regga solo su vaghi elementi testimoniali: lei sa bene quanto essi siano fragili, soprattutto se si coinvolgono personaggi troppo in vista.

Per il resto, sarei molto cauto nell'ipotizzare la complicità di altre persone, se non siamo completamente sicuri; solo in questo caso non ci dovremo fermare davanti a chicchessia, capisce: nessuno tra tutti quelli coinvolti godrà di immunità. A nessun titolo. Intanto, per quanto riguarda quel Giani ...».

Virdis rimase per molte ore a discutere col Procuratore, soprattutto ricevendone indicazioni su quali strade fosse opportuno battere e su quali calcare meno la mano, quindi Sorrentino tossicchiò e iniziò nervosamente a tamburellare sul tavolo.

«C'è poi un altro aspetto da discutere: credo che dovremo iscrivere il Mandelli nel registro degli indagati».

«Quale reato avrebbe compiuto?» chiese Virdis stupito.

«Per sua stessa ammissione ha compiuto un omicidio, quello del bandito corso trovato carbonizzato in macchina, se non anche quello del deputato, il povero Giani».

«Dottore, mi scusi ma su questa strada non la seguo. Per quanto riguarda il bandito, sappiamo solo (e con prove inoppugnabili) che Bucciantini e i suoi amici sono stati aggrediti, e che il bandito è morto, forse, per un trauma cranico. Non dimentichi però che certe lesioni craniche possono essere dovute anche al calore della combustione. Un buon avvocato lo tira fuori in due giorni, sia perché non c'è dimostrazione probatoria che Mandelli lo abbia ucciso, sia perché la legittima difesa è palese: un uomo aggredito da banditi con coltelli e armi da fuoco, se si difende ragionevolmente non è punibile. Se invece ritiene che debba imputarlo per la morte del deputato, la invito a procedere senza esitazioni. Ma, mi era parso che "il povero Giani" fosse da quelle parti per fare una scalata e che non c'entrasse nulla con il sequestro...».

Dopo qualche attimo di silenzio il procuratore si alzò mordendo il sigaro ormai spento: «Vedo che lei è saggio e prudente. Va bene, continui così ma, mi raccomando, metta sotto torchio gli arrestati».

Il primo passo fu l'interrogatorio di Sidoli.

Trasportato immediatamente a Milano, era stato posto in assoluto isolamento a San Vittore, dove aveva ricevuto dei vestiti finalmente puliti e meno puzzolenti.

Uscito dall'ebbrezza etilica che gli aveva fatto vivere come in sogno gli ultimi eventi, si risvegliò vestito da una vecchia felpa, con una camicetta alquanto lisa.

Ricevette immediatamente la visita di Virdis, nelle prime

ore della mattina: il PM, entrato dall'ingresso riservato ai magistrati, fu accompagnato nella saletta degli interrogatori, dove fu trascinato un recalcitrante personaggio, che si limitò a negare qualsiasi colpa, chiedendo solo di poter parlare col proprio avvocato. «Mi avvalgo della facoltà di non rispondere» fu l'unica frase che uscì, monotonamente, dalla bocca dell'ex-politico.

«Capisci che la tua situazione è critica: omicidio – Sidoli sobbalzò – sequestro di persona, associazione a delinquere sono solo i primi reati che ti saranno contestati. Se vuoi almeno un trattamento migliore, ti conviene parlare».

«Mi avvalgo della facoltà di non rispondere. Ma chi è stato ucciso? »

«Lo sai benissimo e più stai zitto, più ne sarai chiamato a rispondere. Chi erano i tuoi complici, chi erano gli organizzatori del piano? Ben congegnato, tra l'altro, ma che ha richiesto moltissime persone. Chi ti ha fornito tutti i complici? Fra l'altro, abbiamo scoperto che erano còrsi».

Naturalmente, per rispettare la legge gli era stato assegnato un avvocato d'ufficio, una giovane brunetta, che era sopraggiunta nel frattempo indossando la sua divisa di battaglia: una severa gonna blu e una camicetta bianca largamente aperta su un elegante reggiseno color carne che si limitava a velare le forme prorompenti («è molto efficace per distrarre alcuni giudici» era solita dire alle colleghe); immediatamente chiese termini per conferire con l'assistito, cui subito suggerì di non aprire bocca.

«No – riprese Virdis alla ripresa dell'interrogatorio – non puoi essere stato tu a preparare un piano così complesso e, lo devo riconoscere, quasi perfetto. Sarà stato Giani».

«Lui non si sarebbe mai sporcato le mani: no, il piano era mio e non capisco cosa sia andata storta – disse Sidoli amaramente mentre la sua avvocatessa cercava disperatamente di farlo smettere – il signorino mi aveva dato l'incarico e ne avrebbe raccolto i frutti. Ma a proposito, che fine ha fatto? »

Virdis soppesò rapidamente se comunicargli della fine del sottosegretario, e infine decise di raccontargli che era caduto in un crepaccio mentre scappava.
«Ma lo capisci che vi aveva lasciati e che se la sarebbe squagliata per far finire solo voi in galera. Era lui il mandante? Chi vi aveva fornito tutti i quattrini necessari?»
A questo punto Sidoli, dopo aver ricevuto un'altra pedata dalla brunetta, decise di chiudere nuovamente la bocca e non si riuscì più a cavargli fuori altro che «mi avvalgo della facoltà di non rispondere».
La bruna avvocatessa poté nuovamente conferire col suo assistito solo tre giorni dopo, ottenendone l'autorizzazione direttamente da Sorrentino, vista l'assenza di Virdis dagli uffici della Procura.
Il colloquio fu breve.
Virdis infatti aveva deciso di recarsi ancora da Bucciantini, ma in segreto, senza avvisare nessuno e senza utilizzare nemmeno una macchina della Procura: col treno del mattino, in seconda classe, si recò a Imperia dove, giunto in ospedale prima di mezzogiorno, si fece riconoscere dal primario, dal quale ottenne il permesso di un colloquio riservatissimo col collega, da poco operato per la riduzione della frattura al braccio, ma desideroso di ricominciare il proprio lavoro: «Sorrentino sa che sei venuto qui?»
«Se lo sapesse mi avrebbe già tolto il caso – rispose Virdis sorridendo – ma ora stai tranquillo; ti fa ancora male il braccio?»
«Cerco di non pensarci, ma vorrei riprendere le indagini».
«Se ti esponi tu, ora finisce che tutto viene davvero insabbiato. Il capo sottovaluta la testa dura degli isolani – sogghignò il piccolo magistrato sardo – ma io non mollo mai. È per questo che ti chiedo di restare qui da bravo, anzi, telefona ogni tanto a Sorrentino, giusto per fargli capire che hai deciso di obbedire ai suoi ... suggerimenti.
Piuttosto, dimmi tutto ciò che mi può servire».
«Sì, ma tu mettimi al corrente dei fatti: da quando sono

ricoverato non ho potuto nemmeno leggere i giornali».

«I giornali dicono che tu sei stato rapito da una banda straniera, probabilmente capitanata da un italiano (per inciso quel Sidoli è stato arrestato e mi ha quasi ammesso che Giani era il suo capo: quei due erano proprio, come si dice a Milano, *cuu e camisa* ma mi sfugge chi fosse la camicia) e che sembrerebbe una vendetta per le tue indagini sui pedofili.

Ah, la stampa riferisce anche di un tragico incidente: un atletico deputato è precipitato mentre scalava le Alpi Marittime; ma nessuno ha riconosciuto un nesso fra le due notizie. Ora tocca a te».

Rimasero a parlare per oltre un'ora durante la quale furono scritte molte pagine di appunti, quindi Virdis uscì da una porta secondaria, rientrò alla stazione e riprese il treno del pomeriggio per Milano.

I due còrsi non aprirono mai bocca; furono imputati per sequestro di persona e tentato omicidio, ma furono rimessi in libertà provvisoria alla scadenza dei termini: scomparvero dall'Italia.

Pare che a Patrimonio, dopo aver cambiato nome, siano ora proprietari di vasti appezzamenti che producono ottimo vino.

Il giorno dopo il viaggio di Virdis in riviera, il magistrato fu chiamato dal vicedirettore di San Vittore con urgenza assoluta, tanto da dover interrompere un interrogatorio in corso. L'uomo si era rifiutato di spiegarsi per telefono, ed era in preda a una vera crisi di nervi quando Virdis fu introdotto nel suo ufficio, posto di fronte a quello del direttore del carcere; l'agitazione era talmente evidente che si era perfino dimenticato di fumare, lui che era una vera ciminiera e consumava almeno quattro pacchetti al giorno di Camel: «Sidoli! Sindona! Sidoli! »

«Cosa è successo al mio prigioniero – chiese Virdis – spero per lei che stia bene!»

«Questa mattina gli è stato portato il caffè come al solito: lei sa che è in stretto isolamento».

«E allora, stava bene, no? Poi cos'è accaduto: si è ucciso? Spero di no, per noi ma anche per lei!»

«No, sì, è stato suicidato».

Fu immediatamente eseguito il sopralluogo e apparve chiaro a Virdis, come al medico legale immediatamente chiamato, che dalle labbra di Sidoli usciva un caratteristico profumo di mandorle.

La tazzina col residuo di caffè fu sequestrata, ma non si rinvenne cianuro nel liquido e apparve incomprensibile come avesse potuto uccidersi e soprattutto da chi avesse ricevuto la capsula di cianuro, che poi gli avrebbero trovato in bocca all'autopsia.

Le due guardie carcerarie esclusero con indignazione il loro coinvolgimento e del resto erano tra le più anziane e fidate. Fu svolta, discretamente, un'indagine sui loro conti correnti, ma si ritrovarono solo pochi e piccoli movimenti, in conti appena attivi. L'avvocatessa, intervistata alla televisione, espresse dolore e dispiacere per la morte di un innocente e si scagliò contro la scarsa vigilanza delle guardie carcerarie e contro i magistrati che non curavano con attenzione gli indagati. Se qualcuno avesse voluto verificare il suo conto bancario, avrebbe potuto osservare un congruo deposito di contanti, proveniente da una banca belga, la Brussel-Lambert, ma nessuno si interessò a una figura così marginale, né collegò il fatto con la successiva apertura di uno studio penalistico in Via Freguglia, che si riempì rapidamente di clienti importanti.

Fu immediatamente convocato a San Vittore anche Sorrentino, che espresse profondissimo rammarico e minacciò dure sanzioni verso i dirigenti del carcere, che non avevano vigilato a sufficienza, provocando, di fatto, la fine delle indagini: morto Giani, morto Sidoli non esisteva alcun altro che fosse al corrente dei piani, visto che i còrsi erano solo degli esecutori. Le indagini, ahimè, finivano in un punto morto, ed era ancor più inopportuno sottolineare la presenza e l'attività dell'onorevole, visto che il Sidoli si era assunto piena responsabilità dei fatti e si doveva quasi solo ad alcune sue parole (comunque da interpretare) il coinvolgimento di una così illustre autorità: meglio soprassedere sui fatti non documentati.

Le testimonianze di Bucciantini e della Lonati dovevano essere poi secretate; inoltre non era da escludere che fossero frutto di una *mentis perturbatio* dovuta al trauma del sequestro, delle ferite e della violenza.

Meglio attenersi ai fatti.

La stampa ebbe da divertirsi, in quei giorni: lunghe inchieste sulla Corsica, divise fra il bel mare, le montagne selvagge e i pericoli della mafia còrsa, riempirono a titoli di scatola le prime pagine. Un po' marginalmente, e solo per qualche giorno, fu affrontato il problema della pedofilia: sembrava proprio che in Italia ci fosse stata una vera organizzazione pedofila, piccola ma forse con addentellati in Francia, però nessuno degli arrestati seppe, o volle, ammettere nulla, fino al tragico decesso del Sidoli, che chiuse ogni possibilità di approfondimento.

Nelle pagine interne dei giornali si poterono leggere begli articoli sulla tragica fine di un noto sottosegretario, amante delle montagne e buon sportivo, che era caduto tragicamente durante un'escursione nelle Alpi Marittime: veniva sottolineata l'esemplare condotta del deputato che, benché oberato da gravosi impegni di governo, riusciva a mantenere la mente libera e il corpo sano con belle escursioni nella natura.

Nessun giornalista si interessò al piccolo dettaglio delle calzature indossate dall'atletico e sportivo sottosegretario: dei morbidi mocassini in cervo con suola di cuoio non rappresentano l'ideale per compiere una scalata, ma il fatto fu abilmente nascosto e l'unico cronista che riuscì a vedere il corpo dello sventurato deputato non ebbe il fiuto necessario per accorgersene.

Irina e Antonio riuscirono a non essere individuati: i carabinieri avevano circondato la zona in cui si trovava anche la villetta della bella ligure, ma nessuno osò entrare a disturbare una nota politica locale, impegnata in faccende di altissimo livello.

In realtà una soffiata era giunta, alla polizia, relativa alla presenza dell'esponente politico lombardo in zona come sospetto di pedofilia, ma era sembrato inopportuno agli inquirenti entrare nei dettagli delle attività politiche che Irina e Antonio stavano svolgendo nel momento dell'arrivo dei carabinieri.

E del resto era risultato assolutamente evidente, dalle cimici opportunamente piazzate, che i loro interessi non erano nemmeno vagamente rivolti alla pedofilia.

Tarozzi poté rientrare a Milano, senza essere venuto a conoscenza di ciò che si era svolto a poche centinaia di metri, in linea d'aria, dal nido d'amore nel quale aveva consolidato l'amicizia della Parodi col suo ministro e la sua corrente, e si era affrettato a chiedere un appuntamento romano per relazionare sulla sua fatica.

Rimase molto stupito nel sentire la segretaria personale del ministro rispondere, con molto imbarazzo, che "sua eccellenza" non era temporaneamente disponibile a un incontro per, non meglio precisati, "motivi di famiglia" e che non si prevedeva quando si sarebbe rimesso; anzi, vista la delicatezza e l'importanza della missione affidatagli, che sarebbe stato meglio se il consigliere si fosse rivolto al deputato ... il quale subentrava, politicamente, al Ministro su disposizione del Segretario Nazionale del partito.

In effetti, solo mezz'ora prima della chiamata di Tarozzi, nell'ampio ufficio che dominava Roma il Ministro stava seduto, nella sua comoda poltrona, con gli occhi sbarrati: in un colpo aveva perso il suo più fedele collaboratore e il fornitore del materiale migliore.

Per di più si era appreso che quest'ultimo aveva ottenuto un ruolo all'interno del proprio ministero: si era affrettato a depennarlo, con una nota sdegnata sui doveri morali che incombono sui suoi collaboratori e con un ringraziamento sentito per i carabinieri, la polizia e la magistratura.

Che ancora una volta non lo aveva coinvolto.

Mentre guardava attentamente il nulla, fu riscosso da una telefonata (eppure la segretaria sapeva che non doveva disturbarlo): «*Cher collègue, c'est moi, je m'appelle Roi Lion. Quel dommage pour Tiziano!*»

«Mi scusi, ma non parlo bene il tedesco, può parlare italiano? »

«*Oui*, dunque, io sono *Re Leone*, il tuo collega, l'amico di *Tiziano*. Siamo tristi per la sua scomparsa mentre scalava montagne. Dobbiamo chiudere ogni collaborazione, ma soprattutto dobbiamo mettere al tuo posto un altro amico, perché tu sei troppo compromesso. Se non blocchiamo i giudici, quelli potrebbero arrivare fino a noi. Caro collega, apprezzeremmo moltissimo se tu ti dimettessi dalla vita politica. Oggi stesso, anzi: subito. La tua segretaria ti sta già per sottoporre il testo con cui annunci le dimissioni per ... diciamo 'gravi motivi di famiglia'. Noi provvederemo generosamente a tutte le tue necessità per il futuro, stai sicuro».

«E se non lo farei?» chiese con voce tremante.

«Ti aiuteremmo noi a essere dimesso. Ma definitivamente, stavolta».

Indice

La vicenda narrata è frutto della fantasia dell'autore, così come i personaggi; alcuni dettagli geografici sono reali: per altri si è volutamente creato ambienti e luoghi. Eccettuati alcuni spunti, estratti dalle cronache, ogni riferimento a persone o a eventi realmente esistenti, o accaduti, è da considerare meramente casuale.